Chara

砂楼の花嫁

遠野春日

キャラ文庫

この作品はフィクションです。
実在の人物・団体・事件などにはいっさい関係ありません。

目次

口絵・本文イラスト／円陣闇丸

I

重厚な両開きの扉の前に立った秋成《あきなり》は、すっとひとつ深呼吸して気持ちを落ち着かせ、コツコツとノックをした。

「近衛《このえ》部隊所属ローウェル、出頭いたしました」

「入りたまえ」

すぐに野太《のぶと》い声で返事があり、側近の兵士二人によって内側から扉が開かれる。

秋成は「失礼します」と明瞭《めいりょう》に響く声で断りを入れ、姿勢を正したまま迷いのない足取りで、陸軍西方部隊ヴァルナ連隊の長であるアトリー大佐の前に進み出た。

窓を背にする格好で大きな執務机に着いた大佐は、額に手を当てて敬礼する秋成を見上げ、形式的に頷《うなず》く。酷薄な印象の灰褐色の目でじろじろと無遠慮に見据えられると、秋成はたちまち心地悪くなってきた。

「ほう。きみが秋成・エリス・K・ローウェル大尉か。名門ローウェル家出身の。なるほど噂どおり特徴的な容貌をしているな」

舐《な》めるような目つきで顔や体を見られ、皮肉交じりに言われる。

よくあることとはいえ、まだ慣れきって何も感じなくなる心境には至っておらず、秋成は僅《わず》かに目を伏せ視線を外す。

東欧に位置するザヴィア共和国の旧貴族出身の母と、在ザヴィア日本領事館に勤めていた父との間に生まれた秋成は、平均的なザヴィア人の体格からすると小柄だ。髪は明るいブラウンで、瞳は金茶色。だが、その程度であれば、栗《くり》色の髪に緑の瞳が大多数の、生粋のザヴィア人の中にいても特に目立つことはない。大佐の弁と全身に這《は》わされる執拗《しつよう》な視線のわけは、秋成の軍人らしからぬ白い肌と華奢《きやしや》な骨格、整いすぎて人形のようだと評される顔立ちにあるのは間違いなかった。

好奇に満ちたまなざしを浴びせられるたび、秋成は常に居たたまれない心地にされてきた。羞恥《しゆうち》と屈辱と恐怖に身が竦《すく》む。胸の奥深くにしまい込んでいる秘密がいつ曝《あば》かれて明るみに出て、周囲の嫌悪と蔑視《べつし》、嘲笑《ちようしよう》に晒《さら》されるのかと思うと、不安で一時も気を許せない。いつまでたってもこの恐れから逃れられないのかと思うと絶望的な気持ちになる。それでも秋成には黙って耐えることしかできない。

秋成は表面上は平静を装ったまま、静かに大佐の関心が自分の容貌から逸《そ》れるのを待った。

近衛士官の伝統で長めに伸ばした髪の端が目に入る。いっそ陸海空軍の兵卒たちのように短く刈り込んでしまえば少しは印象が変わるのかもしれないが、結局何をしたところで意地の悪い見方をされ、ありがたくない解釈を受けるのは明白だ。

気にせず、凛《りん》としていればいい。疚《やま》しいことなど何もしていないのだから。

大佐の斜め後ろに掲げられたザヴィア共和国国旗と軍旗を見て、秋成は己を鼓舞した。

どれほど居づらくとも、軍を辞めることはできない。

父母亡き今、秋成の拠《よりどころ》は祖父が当主のローウェル家だけだ。駆け落ちして日本で結婚した母を一度は絶縁しておきながら、十二歳で天涯孤独の身となった秋成を引き取り、こうして立派に育て軍人としての身分まで与えてくれた祖父母には感謝している。たとえ愛されてはいないとわかっていても、義理を果たしてくれただけで十分だ。秋成は精一杯恩に報いなければと思っている。

「ローウェル家といえば」

しばししてから大佐は興味本位であるのを隠さずに言葉を継ぐ。

「つい最近、大尉の又従兄弟《またいとこ》にあたる人物を正式に養子に迎えたと聞いたが、大尉はそのお披露目のパーティーには出席しなかったそうじゃないか」

「はい。あいにくと軍務がありましたので」

何も意に介していないふりをして、秋成は感情を交えず淡々と答えた。

祖父母は世間体から秋成を引き取り、孫として養育してくれはした。しかし、異国の血の混じった者に代々続いてきた由緒ある家系を継がせるには相当な抵抗があったらしく、今年二十二歳の又従兄弟を養子としてローウェル家に入れたのだ。秋成にしてみれば、三歳年下の叔父ができたことになる。

徐々にまた居場所がなくなっていくのを、秋成は痛感する。様々な事情を考え合わせれば、こうなったところで仕方がないとは思うのだが、心許《こころもと》なさが増すのは確かだ。秋成に残された道は、軍に尽くして認められること以外に見出せなくなりつつある。

もうプライベートに触れた世間話はこのくらいにして、早く本題に入って欲しい。秋成は祈るような心地になった。

その気持ちが大佐に伝わったわけではなく、単に秋成の態度が落ち着き払ったままなのが面白くなかったせいだろうが、大佐はおもむろに用件を切り出した。仏頂面で投げ遣りな口調で、いかにも横柄な態度になる。

「先日、閣議で決定された外務大臣のシャティーラ公式訪問についてだ。大尉はフィエロン外相に同行して身辺警護に当たるよう、近衛部隊の隊長から命令されているはずだな。このたびの任務は、我が陸軍部隊と合同で行うことは聞き及んでいるか？」

「はっ、承知しております」

「ついては大尉にその特別編成隊を率いてもらいたい」

「了解しました」

秋成は再度敬礼すると質問を挟むことなく即座に畏《かしこ》まって受けた。

シャティーラはトルコの南方に位置する中東の国だ。専制君主制国家で、国土の広さはザヴィアの倍ほどだが、その三分の一は人の住めない砂漠地帯である。現国王ハマド三世は古来からの風習を重んじる側面と合わせて、進歩的で革新的な考えを持つ英知ある元首として知られている。ことのほか愛国心が強く、国民から絶大な信頼と尊敬を受けている人物だ。欧米諸国とも友好的な関係を築く方針で、ザヴィアとの政治経済的な繋《つな》がりも深い。

両国の間柄はおおむね良好であるが、昨年新たに共同開発することになったシャティーラ国土内の油田においての採掘条件がなかなか折り合わず、現在懸案事項となっている。

今回の外相訪問は、この石油採掘問題を進展させるために組まれたものだ。

シャティーラは特に治安の悪い国ではないが、隣接する小国ブルハーンに極端なアラブ至上主義の過激派グループが根を生やしており、国内に少数いる反体制派と結託して欧米諸国と迎合するハマド国王政権を倒そうとする動きがあるのを摑《つか》んでいる。

外相の警護に正規軍も出張ってくるであろうことは秋成も予測していたが、よもや自分にその編成隊の隊長という任が降りるとは思っていなかった。特別編成された隊のメンバーは、すでに近衛隊長と大佐の間で話し合いがなされ、決定されていた。その指揮官として秋成に白羽の矢が立ったのだ。机の上に投げ出すようにして寄越された名簿を見てみると、副官に指名されたバイス中尉をはじめ下士官クラスはすべて陸軍所属の者ばかりで、その他のメンバーも馴《な》染《じ》みの少ない者たちばかりだった。

これもある種の嫌がらせか……。秋成は大佐の部屋を辞してから溜息《ためいき》を洩《も》らした。

今に始まったことではないが、憂鬱《ゆううつ》で心労が絶えない。

近衛部隊は同じ国防省所属でも陸海空軍とは異なり、上級士官学校を出た者だけで構成される国内外のＶＩＰの護衛を務める部署だ。そもそも上級士官学校への入学資格が、事実上、本人の才覚よりも家柄を重視した選抜方式によるものであるため、実力主義の生粋の軍人たちからは、中央省庁御用達のお飾り部隊と見なされ、侮蔑《ぶべつ》されている。もしかすると、やっかみもあるかもしれない。ことに、配属と同時に大尉になった秋成に反感を持つ者は多い。陸海空軍のみならず、近衛部隊内でも不満の声が上がっていることを、秋成自身知っている。当初は成績云々《うんぬん》よりもローウェル家という名門中の名門の出身という点が贔屓《ひいき》されたのだと、勝手な推測が幅を利かせていたようだ。しかし、ローウェル家での秋成の立場が微妙だとわかるや、軍や政府に強い影響力を持つローウェル家に遠慮する必要はないと見なしたのか、さりげない嫌みや皮肉に日常的に晒されるようになった。今度の養子の一件は、さらにそれに拍車をかけたらしい。この先、秋成の身に何か起きても、ローウェル家が積極的に出張ってくることはなさそうだと踏んだのだろう。

仕方がないことだ。結局は自分自身が強くなるしかない。

秋成は肉の薄い唇をきゅっと引き結び、軍靴の踵《かかと》を鳴らして自分の執務室に戻った。

シャティーラに出立するのは一週間後だ。

いったいどんな国なのかと、秋成はまだ一度も目にしたことのないシャティーラに対して想像を巡らせた。

十二のときまで過ごした日本と、母の祖国ザヴィアの二カ国だけが秋成の知っている世界だ。厳密には、ザヴィア国内についてすら詳しくはない。ここに来るなり名門校の寄宿舎に入れられ、以来上級士官学校を卒業するまでの十年間、ほとんどを寮で過ごしてきた身だ。軍に来てからもその生活にさしたる違いはなかった。

着任してから初めての海外での任務を、新たに編成されたメンバーを率いてこなさなければならない不安は大きいが、知らない世界を直《じか》に見られるという点については好奇を感じる。

悪い方にばかり考えず、視野を広げて経験を積む格好の機会だと捉《とら》え、自分の役割を果たそうと秋成は心に決めた。

※

東欧の一端にあるザヴィア共和国から、フィエロン外相一行が到着した。

専用機から降りてきたスーツ姿の大柄な男と握手を交わしたイズディハールは、ひんやりとした柔らかい手になぜかいい感触を覚えず、意識せぬまま眉を寄せていた。凶事が起きる予兆でも受けたかのごとく妙な胸騒ぎがする。

つい今し方まで晴れていたはずの青空に、たまたまどんよりとした灰色の雲がかかってきたことも、よけいイズディハールを不穏な気持ちにさせたのかもしれない。

「外交関係を一任されております、イズディハール・ビン・ハマド・アル・ハスィーブです」

気を取り直して挨拶《あいさつ》すると、フィエロンはいかにも作りものめいた、媚《こ》びの交じった笑顔を向けてきた。

「イズディハール殿下ですな。お目にかかれまして光栄です」

表情はにこやかで屈託がないが、腹の中では何を考えているのかわからない。もっとも、国家間協議をしに来た役人は、どこの国の人間も得てしてこんなものだ。明日行われる予定の会合に先んじて、ザヴィア共和国代表者との駆け引きの幕は、たった今切って落とされたばかりである。先ほど感じた嫌な予感が杞憂であるようにと、イズディハールは願った。

そもそもの問題の発端は、ザヴィア側が石油採掘権に関して当初の取り決めより欲を出して修正を迫ってきたことにある。予想されていたより油井の掘削が困難で、現況のままの条件ではとうてい提供してきた資金と技術に見合った利潤を得られないと主張し始めて、今年に入ってからすでに二度、事務次官レベルでの交渉が持たれている。だが、ザヴィアの提示してくる条件はあまりにも自国本位で、シャティーラとしてはとても受け入れられたものではなかった。話し合いは難航し、いまだに平行線を保ったままだ。今度の交渉もうまくいかなければ計画自体の見直しを考えねばならないとの意見も出ている。シャティーラの閣僚たちも、ザヴィアが足元を見すぎていると立腹しているのだ。

　確かにそれも一理あるが、イズディハールとしては、せっかくここまで開発を進めているのだから、なんとか双方の納得がいくよう話をつけるべきだと考えている。今まで投じてきた資金と労力を無駄にするのは惜しい。それより他に解決の糸口はあるはずだ。イズディハールは打開案として別件を盾に取り、初の外相との会談にまで漕ぎ着けた。ここからが外交手腕の見せ所だ。切り札も用意してある。

　今宵は親睦《しんぼく》を深めるためのパーティーが王宮で催されることになっている。

「よろしければご随行の皆様にもご参加いただければ幸いです」

　イズディハールはフィエロンと共にシャティーラに入国した関係者たちをぐるりと見渡し、心からの歓迎の意を込めて言った。寛《くつろ》いでもらうのを趣旨とした気さくなパーティーにするつもりだ。互いに理解を深めるには堅苦しい晩餐《ばんさん》よりその方が有効だと考えた。

　外相の傍《そば》にいる事務官や秘書、通訳などといったスタッフの他、報道関係者、軍服に身を包んだ護衛の兵卒たち、そして彼らの先頭に立つ指揮官――そこにちょうど強い風が吹き、ばさっと頭に被《かぶ》ったカフィーヤが靡《なび》き、イズディハールの視界を遮った。

　ふと空を見上げれば、さらに雲が広がり、今にも雨粒が落ちてきそうな曇天になっている。シャティーラの雨季は十一月から三月までの冬場だが、四月に入ってからも多少は降る。

　イズディハールは光沢のある白い絹地のカフィーヤを手で押さえ、フィエロンに顔を戻した。

「雨になりそうですね。降られる前にご宿泊先のホテルに入られた方がいいでしょう」

「いやぁ、砂漠砂漠と思っておりましたが、意外と雨が降るようですねぇ」

「降りますよ。シャティーラ全土がアネクメアなら、我々はここに存在しておりません」

いささかの皮肉を込めてイズディハールは言ってのけた。フィエロンのシャティーラに対する知識の貧困さに呆《あき》れ、失望する。よくもまぁこの程度の男に外相が務まるものだと、正直、ザヴィア政府の程度の低さに驚く。以前、口の悪い弟が、ザヴィアを動かしているのは旧態依然とした門閥の世襲議員たちであり、とても民主制政治国家とは認められないなどと毒を吐いていたが、あながち外れてもいないようだ。シャティーラには四季があり、冬場には雪が降ることもあると教えてやったら、いったいどんな顔をするのか、見てみたい気もした。

「アネクメア？」

フィエロンは言葉の意味を知らないらしく、皮肉に気づくまでにも至らなかったようだ。

「人が住めない、もしくは住むのが困難な地域という意味のドイツ語です」

イズディハールはさらりと答え、「参りましょうか」とフィエロンを促して踵《きびす》を返した。プライドだけはやたらと高そうなフィエロンを無闇にムッとさせ、つむじを曲げられては面倒だ。冗談で済ませられそうなうちに退《ひ》くことにした。

フィエロンのために用意した王室専用車両にイズディハール自らが案内し、後部座席に同乗する。

幸い、フィエロンが機嫌を損ねた様子はない。

これから滞在先のホテルまで送り届け、いったん別れて夜また顔を合わせる予定になっている。

スタッフたちも後続の車数台に分乗し終えたらしく、黒塗りのリムジンは静かに動き出した。エプロンに残って車列を見送るのは、空港関係者と両国の護衛官たちだ。さっきちらりと目の隅を掠《かす》めた指揮官と思《おぼ》しき制服を着た男の姿は見当たらないので、いずれかの車に乗ったのだろう。ザヴィアは軍事体制の確立された国だ。大臣以上の外遊には必ず軍の関係者が同行する。

窓から彼らの並び立つ姿を見ていたイズディハールは、そのときふと思い出し、隣に座るフィエロンに向き直った。

「そう言えば、今回、奥方はお連れにならなかったのですね」

欧米社会では夫婦同伴の行動が基本と聞いていたので、残念だという意を込めての単なる社交辞令のつもりだった。

「いや、なに、家内は体の弱い女性でしてな」

フィエロンは気まずげに弁解する。

イズディハールは眉を顰《ひそ》めた。まるで、シャティーラで何か不穏なことが起きないとも限らないと、あらかじめ警戒でもしているようだ。本気で友好的解決をする気があるのかと疑いたくなる。不快だったが、ここはイズディハールも腹の内に収め、「それはお気の毒なことです」

と当たり障りのない相槌《あいづち》を打つにとどめた。

逆にフィエロンからイズディハール自身のことに話を振られる。

「それより殿下こそ、そろそろお后様をお迎えになるご予定がおありなのではございませんか」

「あいにく、今のところはまだ考えていません」

イズディハールは成り行き上仕方なく答えた。

二年前、二十五歳の誕生祝いと称し、ハマド三世から私邸を贈られた。今後は独立した生活を営むがよいとのお達しで、イズディハール自身もそうしたいと望んでいたのでありがたく受け取った。その贅《ぜい》を凝らした宮殿に移り住んで間もない頃、次は結婚をと、美しく魅力的な女性を何人も紹介された。早く家族を持たせようという父王のありがたい心遣いだ。しかし、イズディハールにはまだ身を固める意志がなかった。これはと思う相手に巡り逢《あ》えばやぶさかではないが、今のところそうした出会いをしていない。べつに焦らず、心が勝手に動いてくれるのをイズディハールは待っている。情動に駆られ、胸の奥底から欲しいと思う誰かがいたら、どれほど障害があろうと手に入れようとするだろう。周りからは、常に冷静沈着で、すぎるほど理性的だとみなされがちだが、本来イズディハールは情熱的で激しやすい質《たち》だ。

「それはまた。さぞかし殿下は国中の女性を落ち着かない気持ちにさせておられるでしょうなぁ」

まんざらおべんちゃらというふうでもなくフィエロンに冷やかされ、イズディハールはそっけなく「かもしれません」と受け流した。

「しかし、正直、今はそれどころでない心境なのは確かです。シャティーラは政治的にも経済的にもおおむね安定したよい国だと自負しておりますが、やはり何かしらと国の内外で問題は生じますから、外交を任されている私の責務は重大です。王制に反対しているグループの中には、いわゆる過激派と呼ばれる連中も含まれていますしね。幸い、治安維持の面については弟が見てくれておりますので、その分肩の荷も軽くてすみますが、今回のように友好国の政府高官をお迎えする場合、不手際があってはならないと特に神経を尖《とが》らせてしまいます」

「ご心配には及びませんぞ。殿下の深いお心遣い、私の胸にしっかり届いておりますからな」

フィエロンはそう言って太い指で胸を指すと、気をよくした様子で笑った。

一緒にいればいるほど嫌気がさす相手だ。

イズディハールはひそかにうんざりしていたが顔にはいっさい出さず、リムジンが国内最高ランクのホテルに着くまでの間、フィエロンの趣味であるサッカー観戦や競馬について話をした。イズディハールも馬は好きで、毎年ドバイで開催される有名なレースに、馬主として自慢のサラブレッドを出走させていると言うと、真剣に羨《うらや》ましがられて閉口するほどだった。

ホテルのＶＩＰ用車寄せに到着する。

「それでは、また後ほど」

「わざわざご丁寧に恐縮です、殿下」

イズディハールもいったん下車し、フィエロンと再び握手した。

今度は手に僅かばかりぬくもりを感じたものの、やはりどこかしっくりこなくて、気持ちが落ち着かない。確かに話をしてみても爽快《そうかい》な気分になる相手ではなかったから、本質的に合わないのだろう。

ホテルの支配人の丁重な応対を受けたフィエロンが満足げに館内に入っていくのを、車寄せに立ったまま見送る。

フィエロンと事務官の前後に付いて、油断のないまなざしを周囲に注いでいる兵卒たちの姿がやたらと物々しい。黒服のＳＰたちが警護するのとは違い、軍人というものにはどこか禍々《まがまが》しいイメージがつきまとう。緊迫感が濃く醸し出される。

その後を、指揮官の制服に身を包んだ小柄な男が、颯爽《さっそう》とした足取りで従っていくのがイズディハールの目に留まる。

ほっそりとした体つきの、肩まで髪を伸ばした青年だ。白い肌、淡い栗色の髪がやたらと印象的で、見過ごせない。肩章とモール、そして金ボタンのついた濃紺地の上着を身に着けた士官の礼装がとてもよく似合っている。高貴で品のある佇《たたず》まいをしていて、通り過ぎるときちらりと見えた横顔の整い方には我知らず心臓がトクリと騒いだほどだ。

「あれは？」

すっと背筋の伸びた清々《すがすが》しい後ろ姿を目で追いながら、イズディハールは傍らにいた側近に尋ねていた。

「近衛部隊所属のローウェル大尉です。今回の護衛隊の隊長を務められます」

「ローウェル大尉か」

「何か問題がございますか、殿下?」

「いや、そういうことではない」

表情を硬くする側近に、イズディハールはすぐに首を振って否定する。心が、爽《さわ》やかな薫風を受けたかのごとく揺れて、興味を掻《か》き立てられただけだ。

「綺麗な男だな。細くて折れそうに華奢で、制服を着ていなければ軍人とは思えない」

「仰せのとおりでございます。ザヴィアの近衛部隊は旧家の御曹司《おんぞうし》ばかりで構成された式典用のお飾り部隊だ、などと言う口さがない連中も多いのですが、あの大尉は、ああ見えて剣と銃の腕前もなかなかのものらしく、見くびってかかると痛い目に遭わされると一部で囁《ささや》かれているようです」

「ほう、それは頼もしいな」

剣に関してはイズディハールも一方ならず自信がある。機会があればぜひ手合わせしてみたい。

王宮に戻る道すがらも、イズディハールの脳裏にはずっと涼やかな大尉の姿が残っていた。

誰かにこれほど強く興味を寄せるのはかつてないことだ。自分自身不思議だった。フィエロンの相手をしている間中もやもやしていた気持ちが、大尉のことを考えているだけで晴れていく。今宵開かれるパーティーにローウェルも出席してくれたらいいと思った。そうすれば話をする機会も持てるだろう。

「名は秋成となっております」

イズディハールの関心の深さを察したかのごとく、側近がファイルを捲《めく》って教えてくれる。今回訪れたスタッフの経歴が記されている公式書類だ。

「ローウェル家といえばザヴィアでも相当古い家柄になります。ただ、生い立ちは少々複雑なようです。ローウェル家の一人娘だった母親と日本人男性との間に生まれていて、十年以上前に両親が相次いで亡くなったため、日本からザヴィアの祖父母の元に引き取られています。そう言えば私もザヴィアに駐在していた際、噂に聞いたことがありました。当時この二人の駆け落ち婚はずいぶん社交界を騒がせたとか。ローウェル家は一度絶縁したはずの娘を死をもって許し、孫にあたる彼を引き取ったのですね。ですが、実際はほとんど家に寄りつかせず、寄宿舎に押し込んでいたようですよ」

「そうか」

凛とした美しい横顔を頭に浮かべ、イズディハールは秋成が抱えているであろう孤独や苦悩、情愛に思いを馳《は》せた。内情を聞くと、あの清々しく毅然《きぜん》とした様子にも、無理をして己を律し、懸命に義務を果たして立場を守ろうとする気持ちの表れかと想像されてきて、せつなさを覚える。まだ目さえ合わせていないのに、イズディハールは早くも、秋成を行きずりの異国の人間とみなせない心境になっていた。フィエロンに感じる不快さとの対比で、秋成の清麗さが際立ってみえるからかもしれない。

何にせよ、珍しく心を動かされる出会いだったのは確かだ。

イズディハール自身、並ならぬ重責を担う身だが、少しは癒しになる対象を心の内に持っていても許されるだろう。そう思い、自然と口元に笑みを刷《は》かせていた。

※

踝《くるぶし》まである白絹のディシュダシュを身に着け、揃《そろ》いのカフィーヤを金糸を編み込んだイガールと呼ばれる黒い輪で留めた世継ぎの王子は、嫌でも目を奪われずにはいられない強烈な存在感を持っている。

フィエロン外相と向き合い、すっと長い腕を伸ばして握手する姿を見ただけで、秋成は自信に満ちた堂々たる態度と高貴な雰囲気に圧倒された。

写真で見るより実際の本人は遥かに生き生きとした魅力的な容貌をしており、均整の取れた体軀《たいく》のせいか思っていた以上に長身の印象を受けた。平均的に体格の大きいザヴィア人のうちでもかなり大柄な部類になるフィエロンと比べても、背丈は王子の方が高かった。秋成と並べば、ゆうに十五センチ以上差があるだろう。

初めて訪れた、地下資源に恵まれた亜熱帯の富裕な国。

そこでまず秋成の気持ちを惹《ひ》きつけたのが、今回の外相の対談相手である、外交を担当するイズディハール王子その人だ。ただその場にいるだけで身が引き締まるような緊張感を味わった。王子の醸し出すオーラの崇高さに、直視することすら不敬に値するのではないかという気がしたほどだ。

日頃から喜怒哀楽をあからさまにする方ではないため、表面的にはいつもと変わらぬ態度で通していたが、内心感嘆しきっていた。

こういった職務に就いていなければ縁がなかったであろう人物を、傍からとはいえ見られて、ありがたいと思う。

無事フィエロンがホテルの部屋に入ったのを見届けると、兵卒をそれぞれ配置に付かせた。シャティーラと敵対するブルハーンの過激派グループが、会談を邪魔しようとして何か仕掛けてこないとも限らない。このところブルハーン国内で、妙な動きをしている組織の影がちらちら見え隠れしているとの情報も入ってきている。明確にはなっていないが、水面下で何か起きているのではないかと警戒する向きもあり、秋成も常にこの件は頭の隅に置いていた。

秋成はバイス副官を伴い、自らの目で周辺の様子を見て回り、安全を確認してから待機場所であるホテル内の一室に落ち着いた。

「今夜のパーティーには我々も出席するのでしょうか？」

「そのように指示されている」

副官の問いに秋成は気の進まぬ思いを隠して答えた。つい先ほど、急遽《きゅうきょ》フィエロンから受けた命令だ。おそらく同乗したイズディハール王子と車中でそんな話が出たのだろう。

正直言って秋成は華やかな社交の場が苦手だ。身の置き所がなくて、ひたすら居心地の悪い思いをする。できれば固辞して会場外で護衛に当たらせてもらいたいところだが、フィエロンは不要と言い切った。王宮内はシャティーラの警備隊が完全に守っている。パーティー会場内にはSPが入る。こちらの出る幕はないというわけだ。

「皆にも式典用の正装をして臨むよう伝えておけ」

「はっ」

副官が敬礼して下がる。

一人になると、秋成は張り詰めさせていた神経をようやく緩め、ふっと溜息をついた。

イズディハールは噂に違わず、気さくで思いやり深い人物らしい。愛国心の強さも人一倍で、シャティーラの益になりそうなことがあれば、なんでも積極的に取り組むと聞く。

「……それにしても、我々にまでお気遣いいただく必要はないのに」

つい本音が口を衝いてしまう。

秋成としては義務と割り切って付き合う気持ちだが、部下たちにとっては願ってもない息抜きになるだろう。バイスも満更でなさそうにしていた。唯一秋成を楽しみな気持ちにさせるのは、再びイズディハールの毅然として美しい姿を見られるやもしれないという淡い期待だ。間近で向き合いたいなどとは望まない。遠くから眺められれば十分だ。目にするだけで神々しさと畏怖に胸が昂揚《こうよう》する存在があるのだということを、秋成はイズディハールを前にして初めて知った。

パーティーは午後七時から、王宮内にある大広間の一つにて催される。

壁と天井にふんだんに金箔《きんぱく》を使用した豪奢《ごうしゃ》な会場内には、民族衣装に身を包んだシャティーラの王族や政府関係者、各界の有力者たちが集っていた。主賓であるフィエロンの相手は国王ハマド三世自らがしている。フィエロンは上機嫌のようだ。

念のため、不審者が紛れ込んでいないかに目を配りつつ、秋成は会場内を一周することにした。

王宮警備隊が厳重な警戒に当たっているのは承知だが、パーティーそのものをゲストとして楽しめず、手持ち無沙汰《ぶさた》でついそんなふうにしてしまう。我ながら、面白味のない、つまらない人間だと自嘲《じちょう》する。自分自身を好きになれないのは、物心ついて以来ずっとだ。きっと一生このままだろうと諦《あきら》めている。

途中、スーツでカフィーヤを被った中年の男と親しげに話をしている、白い民族衣装を纏《まと》った目立つ後ろ姿を遠目に見かけ、秋成は歓喜で胸を打たれた。すらりとした長身、肩幅は、まさしくイズディハールだ。相手の畏まった態度からしても、王子に間違いなく思えた。

せっかくなので横顔だけでも見ておきたくて、秋成の足は自然と前に回り込むように進んでいた。

王子と思しき人物に気を取られ、前をよく見ていなかったせいで、ドンと肩が誰かとぶつかる。

「申し訳ありません！」

秋成は恐縮し、痩《や》せた老紳士に丁重に頭を下げて謝った。

老紳士は怒ってはいなかったが、ザヴィア軍の正装をした秋成に興味を持った様子で目を細め、親しげに話しかけてきた。シャティーラの印象を聞かれ、よかったらあの遺跡とこの遺跡は見学していかれるといいなどと勧められる。秋成もできるだけ愛想よく遣り取りした。

会話が一段落して老紳士と別れたときには、すでに目指す姿はその場からいなくなっていた。

残念だったが仕方がない。

気を取り直して再び壁に沿って歩き始め、中庭に面したテラスの横に差しかかる。開け放たれたテラスにもちらほらと客がいた。美麗な彫刻を施した大理石の柱が何本も立ち並ぶ、ダンスさえできそうな空間を持つ広々としたテラスだ。籐椅子《とういす》に腰かけて談笑したり、手摺《てす》りに寄って夜風に吹かれたりと、それぞれ思い思いに寛いでいる。石段を下りれば、柔らかな乳白色の明かりでライトアップされた見事な庭園が散策できるが、ざっと見た限り庭に出ている人影はなかった。夕方降った雨のせいで芝生がまだ濡《ぬ》れているせいかもしれない。

庭に向けていた視線を戻して正面に向き直った秋成は、三メートルほど先に立つ柱の向こうから不意に現れた人物に驚き、目を瞠《みは》った。

イズディハール王子だ。

だが、先ほどきっとそうだろうと思って見ていた人物とは異なり、銀糸を使って胸元と裾に手の込んだ刺繍《ししゅう》が施されたディシュダシュの上に、濃い紫色の長衣を重ねている。腰に巻いた幅広のサッシュベルトに差した短い宝剣は、単なる飾りか実用性のあるものなのかは定かでないが、王子の出で立ちに相応《ふさわ》しい見事な品だ。カフィーヤを留めたイガールもさっきとは別物で、人違いしていたのは明らかだ。後ろ姿を見ただけとはいえ人を見極める目には自信があったため、狐に摘まれた気分だ。これほどインパクトの強い人物と背格好ばかりか雰囲気まで似た男がいるとは、そうそう簡単に納得できない。

半信半疑さからついまじまじと王子の顔を見つめてしまったせいか、王子がフッと苦笑しながら秋成のすぐ目前まで歩み寄ってきた。

秋成ははっとして、己の無礼な態度に血の気の引く思いがした。

慌てて深々とお辞儀をし、不届きを詫《わ》びようと口を開きかけたのだが、それより王子の声の方が早かった。

「俺の顔がそんなに珍しいか、大尉？」

まるで旧知の仲の相手に対するときのような、ざっくばらんな調子で話しかけられる。

秋成の戸惑いはさらに大きくなった。なんと答えればよいのか思案する。王子の方でも秋成がどういう立場の人間か把握しているらしく、それも意外だ。どんなふうに自分を捉えられているのかと緊張する。

イズディハールを間近にすると、秋成は畏怖のあまり身を硬くして、どこに視線を向ければいいのかも迷われた。鞣《なめ》した革のように艶《つや》のある血色のいい肌に、意志の強さと聡明さ、そして己にも他人にも厳しそうな性格を感じさせる鋭い瞳が嵌《は》まった顔を直視するには、多大な勇気が必要だ。遠くから見つめることはできても、腕を伸ばせば届く距離で向き合うと、とても難しい。秋成はあらためてイズディハールの持つ特別さを思い知り、自分とは無縁の世界の住人なのだと感じた。

「とんでもございません。大変ご無礼つかまつりました。どうかお許しくださいませ」

片腕を胸に当て、誠心誠意謝罪する。

「大尉」

イズディハールは秋成の態度がかえって心外だったらしい。声に窘《たしな》めるような響きを含ませる。

「俺は不愉快だと咎《とが》めているわけではない。むしろ、大尉の気を惹けたのなら光栄だという意味で言ったのだ」

思いも寄らぬ発言に、秋成は遠慮がちに顔を上げ、イズディハールと目を合わせた。黒真珠のようなダークグリーンの瞳が真っ向から秋成のまなざしを捉え、揺るがずに見つめ返してくる。

あたかも視線で搦《から》め捕られた心地になり、秋成は息をするのも憚《はばか》られるほど緊張した。逸らせない。畏《おそ》れ多くてとても自分から視線を外すなどできなかった。

周囲から切り離され、二人きりでどこか異空間に飛ばされでもしたかのごとく、人々のさざめく声や衣擦《きぬず》れ、グラスの合わさる音などが意識から遠離《とおざか》る。どのくらいの間そうして互いを見つめ合っていたのだろう。

「庭に下りないか、大尉」

イズディハールの一言で秋成は現実に立ち返った。

「あ……、はい。私でよろしければ、お供させていただきます」

「そう畏まるな」

イズディハールはおかしそうに口元に笑みを刻む。

「俺はきみが敵でない限り、きみを捕って食いはしない」

「はい」

秋成は別段恐れているわけではないと示すため、イズディハールのすぐ背後について、テラスの石段を下りていく。石段は隅の方を残して乾いていた。芝生の間を縫う遊歩道も同様だ。中庭は静かで、パーティー会場の賑《にぎ》わいが僅かに洩れ聞こえる他は、中央にある噴水の音がするくらいだ。二人の後ろを、黒服姿の厳めしいSPが一人、適度な距離を保って付いてくる。いつの間にかイズディハールは秋成と肩を並べて歩いていた。秋成と歩調を合わせ、のんびりと庭園を散策する。

いったいなぜこんな展開になったのかさっぱりわからず、秋成は今ひとつ現実味が持てぬまま、ただ規則的に足を動かすばかりだ。さぞかしぎくしゃくしていてぎこちない歩き方をしていることだろう。よもや王子殿下から声をかけられ、パーティーの最中に散歩に誘われるとは予想もしない。本当にこんなことをしていていいのかと不安になる。イズディハールが何を考え、どういう理由で気まぐれを起こしたのか、見当もつかなかった。

「実は俺もああいう気ぜわしい場は、あまり好きではない」

しばらく黙っていたイズディハールが、噴水の傍らにさしかかったとき、唐突に口を開いた。

「どうやらきみもそのようだったので誘った」

「……はい」

見透かされている。秋成はいつからイズディハールに意識されていたのかと気恥ずかしくなる。知らぬ間に立場が逆転していて、腑《ふ》に落ちなさに首を傾《かし》げるばかりだ。秋成こそがイズディハールを追っていたつもりが、気がつくと追われる立場になっていたようで、非常に心許ない。自分のどこがイズディハールの歓心を得たのか、聞けるものなら聞かせてほしかった。

「ザヴィアにはきみのような美しい軍人がいるのだな。新鮮な驚きだ」

さらりと、本当にさらりと、イズディハールは本人を前にして感嘆してみせた。

あまりにも率直で秋成は返事に詰まり、面映ゆさに俯《うつむ》くしかなくなる。面と向かってこんなふうに褒められたのは初めてだ。

秋成は微風で額に落ちかかってきていた髪を覚束《おぼつか》なげに掻き上げた。

それを横から見ていたらしいイズディハールが、今し方の言葉は決して冗談ではないというように、さらに付け足す。

「細い指だ。その手で剣や銃をどう扱うのか、ぜひ俺に見せてもらいたい」

「たいしたことはありません」

実戦で役に立たせるには、おそらくまだ遠く及ばない。秋成はイズディハールと目を合わせ、謙遜《けんそん》ではなく首を振る。

「特に剣に関しては、酒宴の余興にもならないくらいのお粗末さです」

「ならばかえってちょうどいい。これから一つ、あそこで俺と余興に手合わせしてくれないか」

あそこ、とイズディハールに顎《あご》をしゃくって示されたのは、五メートル四方程度の四阿《あずまや》だ。周囲を石でできたベンチが囲んでいるが、真ん中は空いていて木目を生かした床が見える。天井に吊《つる》された明かりで、四阿全体が庭園からくっきりと浮き上がっていた。人は誰もいない。

「無理です。私は今、剣を携行しておりません」

秋成は気を落ち着かせ、極力冷静に、イズディハールの機嫌を損ねないよう丁重に断ろうとした。

しかし、イズディハールは最初からそのつもりだったらしく、四阿に辿《たど》り着いてみると、大理石製のベンチの上に、訓練用の刃のない長剣が二本準備されている。

「嫌か、大尉?」

イズディハールは無造作に長衣を脱ぎ、カフィーヤも取ってしまうと、悪びれない笑みを浮かべつつ秋成に迫る。

秋成は仕方なく、金モールや肩章で飾り立てられた動きにくい礼装用の上着を脱ぐ。

不本意だが、王子にぜひと求められるのなら、否と突っぱねられない。もともと剣術は実戦のためというより競技の一種として、昔ながらの伝統を守る意味で訓練されているものだ。秋成の腕前をどう聞いているのかは知らないが、イズディハールがスポーツ感覚で一戦交えたいと願う気持ちはわからなくはなかった。

襟の詰まった裾の長いワンピース状の衣装を着ていても、イズディハールの鍛え抜かれた俊敏そうな肉体は容易に想像できる。カフィーヤを取って艶《つや》やかな黒髪を露《あらわ》にすると、顔立ちの精悍《せいかん》さと品のよさがさらに増して見え、あまりの立派な貴公子ぶりに気後れするほどだ。イズディハールは秋成が求めても得られないものを、その身にすべて持っている。自分と違いすぎていて、もはや羨望《せんぼう》を抱く気もしない。

逆にイズディハールは、袖の膨らんだ薄いシャツブラウス一枚になった秋成の細さにあらためて驚いたようだ。

いったん構えた剣を躊躇《ためら》うように下ろしかける。

だが、この期に及んでは秋成の方が退く気をなくしていた。

腹を括《くく》ってしまえば、むしろ、こんな光栄な機会には今後二度と遭遇できないのではないかと欲が出た。

秋成の目を見たイズディハールの胸を借りるつもりで勝負しようという決意がついたのだ。

秋成の目を見たイズディハールは、やるかやらないか一瞬でも迷いかけたことをたちまち後悔したらしく、ニッと小気味よさげに唇の端を上げ、ダークグリーンの瞳を煌《きらめ》かせた。

「その構え、やはり噂どおり相当な腕前のようだな、大尉」

「お試しくださいませ、殿下」

秋成も正面切って受けて立つ。

その受け答えが開始の合図になった。

カシャーン、と金属がぶつかり合う冴えた音が辺りに響き渡る。

――強い！

最初の一振りを受けとめるやいなや、秋成はイズディハールの並はずれた剣の腕を察し、唇を噛《か》み締めた。

動きが速い。力があって剣が重い。そのうえ狙《ねら》いが正確だ。

受けて流すのが精一杯で、なかなか自分から攻撃を仕掛けられない。秋成がイズディハールより優れているのは、身の軽さでやや勝っているという点だけだった。

目まぐるしいスピードで繰り出される剣を必死に受けるうち、ジリジリと後退させられていた。

イズディハールも真剣な様子で、手加減などいっさいしていないのがわかる。

汗が目に入り、視界が霞《かす》む。

あっ、と思った瞬間体のバランスが崩れ、仰《の》け反《ぞ》る形で倒れかけた。

全身に冷や水を浴びせられたような緊張が走る。

だが、秋成以上に動揺したのはイズディハールの方らしかった。

剣を振り下ろしかけた腕を雷に打たれたかのごとく止めようとしたが、勢いがつきすぎていて止めきれない。

あれこれ頭で考えるより先に体が動いていた。

秋成は最後の最後で踏ん張って、一歩後退すると同時になんとか体勢を立て直し、即座に剣を振って右肩を直撃しかけていたイズディハールの剣を撥《は》ね飛ばした。

イズディハールの手を離れた長剣が床に落ちる。

「うっ」

返す剣をぴたりと喉元《のど》に突きつけられたイズディハールは、潔く両手を上げて負けを認めた。

秋成もすぐに剣を下ろす。

勝負がついた途端、秋成は緊張の糸が切れてしまい、ふらりと身を傾がせた。

「大尉！」

すかさずイズディハールの腕に支えられる。

「も、申し訳ありません、大丈夫です」

「悪かった。きみがあまりにも見事な防御をするものだから、ついムキになって、やりすぎた」

秋成はイズディハールに腕を取られてベンチまで連れていかれ、座って休むよう促された。

「すみません」

イズディハールの厚意に感謝しつつ、秋成は遠慮がちに腕を抜くと、手を伸ばせば届く位置に置いていた上着を肩に羽織った。汗に濡れた肌にシャツブラウスが張り付き、ところどころ透けている。そんな乱れたところをイズディハールに見せたくなかった。

「評判に違わぬ使い手だな。顰蹙《ひんしゅく》を買うのを承知で強引に手合わせ願って正解だった」

隣に座ったイズディハールが満足そうに言う。

「殿下こそ、素晴らしい剣捌《さば》きで、私は最初から最後まで徹底して押されておりました。この勝負、実際には私の負けでございます。殿下が私をお気遣いくださって剣をお止めにならなければ、間違いなくお勝ちになったことと存じます」

「いや。勝敗に、もしもはない」

イズディハールは切って捨てるような明快さで断じ、爽やかに笑う。

白くて綺麗な並びの歯がちらりと覗《のぞ》く。

秋成の胸にイズディハールの屈託のない笑顔が沁《し》みてくる。

公明正大で、自負と謙虚さを併せ持つ徳の高い人柄に、秋成は否応なく好意を持つ。

「また次に機会があれば、今度は遠慮せぬ。心に留めておいてくれ」

「はい。喜んで」

秋成は本心から答え、イズディハールに微笑《ほほえ》み返した。

そうこうするうちに汗が引き、少し寒気を感じてきた。国土の南方を砂漠地帯が占める亜熱帯の国とはいえ、想像していたより夜は冷える。肩に掛けていた上着をきちんと着直す。

イズディハールも対面にあるベンチへ歩んでいくと、そこに脱ぎ捨てていた長衣に袖を通し、カフィーヤを被って元どおりに出で立ちを整える。

先に身支度を済ませた秋成は、イズディハールの後ろ姿を遠慮がちに見つつ、パーティー会場で人違いしかけた人物を思い返していた。

やはり似ている。そっくりを通り越して瓜《うり》二つだ。イズディハールには弟が二人か三人いると聞くが、そのうちの誰かだったのだろうか。弟の王子たちについて秋成は何も聞かされていない。世継ぎの王子であるイズディハール以外の王室関係者は、常からほとんど表舞台に出てこないため、国際社会的にもあまり知られていなかった。

極力控えめにしていたつもりだが、鋭い感覚の持ち主であるイズディハールは秋成の視線に気づいたらしい。

振り返るなり、どうした、と問うように形のよい眉を上げてみせる。

「そろそろ、お戻りになりませんと」

秋成はさして意味があるとは思えない詮索《せんさく》をやめ、イズディハールに穏やかな笑顔を向けた。

「ああ、そうだな」

イズディハールもあっさり頷《うなず》きはしたが、心持ち長く秋成の瞳を見つめてきて、秋成をどぎまぎさせた。

イズディハールの視線に捉えられると、秋成の胸は火を点《つ》けられたようにじわりと熱を持つ。

庭に出たときと同じ経路でパーティー会場に戻る。

歓迎の宴はますます享楽的な騒がしさに満ちてきている。

王子を探していたらしい中老の紳士が、さっそく声をかけにきた。

秋成もまた、一礼してイズディハールと別れた直後、微酔《ほろよ》い加減の外務省事務官に捕まり、しばらく付き合うはめになった。

II

フィエロン外相とイズディハール王子の話し合いは、まずまずの成果を上げたとみてよさそうだ。

会談は滞りなく終了した。

数日前、王宮の門前で、国王と政府は対外政策が甘すぎる、自国の利益をもっと優先させて強固な姿勢で臨め、などと主張してデモをしたというシャティーラの反体制派グループも、当日は心配されていたような騒ぎは起こさなかった。以前、警察隊と衝突して死傷者まで出したことがあったというだけに警戒を強めていたのだが、両国の警備が厳重だったのが功を奏したのであれば、秋成《あきなり》も任務が果たせたことになり、ホッとする。

ホテルの会議室を借りて行われた会談後、両者が取材陣の前で手を硬く組み合わせ、友好的な笑みを交わすさまを、秋成はホールの片隅で見守っていた。

フィエロンがシャティーラを訪れた経緯には、実のところ、ザヴィア側が要求を一部引っ込めざるを得ない状況に晒《さら》されたことがあった。それまで強気で押していたザヴィアは、シャティーラが別口の外交上の切り札を提示してきたことで、たちまち敗色を濃くしだした。フィエロンはさぞかし苦虫を噛《か》み潰《つぶ》した心地で会談に臨んだだろう。

しかし、どうやら両者間の折衝は収まるべきところに収まったらしい。懸案事項だった石油採掘の新規開発プロジェクトに再開の目処《めど》がついたようなのだ。フィエロンの顔に浮かぶ満更でもなさそうな表情からも、事態の好転が感じ取れる。最近何かと強硬な姿勢を取りたがるザヴィアは、少なからず譲歩の形になるであろう今回の会談を前に、相当不服を持っていた。それを踏まえた上でこの会談の成功を考えれば、秋成は交渉の舵《かじ》取りをしたのであろうイズディハールに尊敬と畏怖の念を強くせざるを得ない。有能で、理知的な、政治的な手腕に優れた素晴らしい殿下だと感嘆する。

今日のイズディハールは品格のあるグレーのスーツ姿だ。カフィーヤも被《かぶ》っておらず、伝統的な民族衣装を纏《まと》っているときとがらりと印象が変わる。いずれにしても、とてもよく似合っていて、なんでも着こなせる理想的な体型を見せつけられるようだ。

これで予定どおり明日の午後には帰国の途につけると安堵《あんど》する一方、寂しさに似た心残りを感じる。

何故《なぜ》なのかと考えるまでもなく、イズディハールのせいなのは明らかだった。

昨夜、パーティーの途中で小一時間ほど二人で過ごし、ひそかに四阿《あずまや》で剣の試合までするに至った尋常でない成り行きを思い返すたび、秋成の心はざわつく。

イズディハールの雄姿をこれでもかというくらい見せつけられ、敵《かな》わないという敗北感を味わわされたばかりでなく、どんな人なのかもっと知りたいと思った。誰かに対してこんなふうに積極的な気持ちを抱くのは初めてだ。まだ、自分のことも相手に知って欲しい、理解されたいとまでは思えないが、イズディハールと会うまでは生涯孤独に違いないと確信し、他人と心を交わすことを諦《あきら》めきっていたのだから、たいした進歩だ。自分でも驚いている。

だが、せっかくそんな気持ちになっても、相手は普段気易《きやす》く話しかけることすらできない高貴な身分の異国の人である。おそらくもう話をする機会はないだろう。秋成が感じている胸苦しさは、宙にぶら下げられたままになっている、イズディハールに寄せる気持ちのせいだ。

何がこうまで秋成をイズディハールに惹《ひ》きつけるのか、秋成にもわからない。男らしく整った顔なのか、しなやかな筋肉に覆われた美しい体つきなのか。もしくは、ほんの少しの間一緒にいただけで感じ取れた、勇猛果敢で高潔で弱者に優しい気質だろうか。

イズディハールのことを考え始めると、秋成の心臓は破裂するのではないかと不安になるほど鼓動を速める。

今までには経験しなかった変化が体に起き、戸惑い、焦ってしまう。

国に帰れば、イズディハールの傍《そば》を離れさえすれば、きっと身も心も安定して元どおりの自分を取り戻せるに違いない。それが一番簡単に、何も考えず楽になれる方法のはずだが、心のどこかで本当にそれでいいのかと疑問を投げかける声がする。秋成を悩ませているのは、この、方向性が定かでないにもかかわらず相反する気持ちだ。

確かなのは、イズディハールには何も期待してはいけないということだ。それだけは秋成にもはっきりしている。

秋成はフッと重苦しい溜息《ためいき》をつき、一足先にホールを出た。フィエロンの護衛は兵卒四名が抜かりなく果たしている。指揮命令が任務の秋成の出る幕はなかった。

待機用の部屋には軍曹が一人だけいた。

「バイス副官とブルック軍曹はどうした？」

いなければならないはずの二人の所在を問い質《ただ》すと、居残っていたダン軍曹は気まずげな顔をして、渋々口を開く。

「先ほど司令本部から特命が入り、ここを私に任せると仰《おつしや》って二人で出て行かれました」

「私に無断でか。勝手なことを！　どこに行ったのだ？」

「申し訳ありません、私にはわかりかねます」

言葉遣いは上官に対するそれだが、反発心を隠そうともしない目つきが、秋成を侮り指揮官として認めていないことを如実に伝えている。

予想の範疇《はんちゆう》だったとはいえ、今回の任務のために編成された小隊は、責任者である秋成に楯突《たてつ》く者ばかりわざと集めたのかと疑いたくなるほど反抗的な部下が多く、統制が取れていなかった。秋成は心労が絶えず、疲弊しかけている。何をしても空回りしてばかりいるようで、正直、自分の隊だという愛着が少しも湧《わ》かないのだ。当然ながら部下たちへの信頼も薄かった。

義務感や責任感、大尉としての矜持《きょうじ》などを捨て去れていたなら、秋成は自分には無理だとギブアップして、誰かと代わってもらっていたかもしれない。

ダン軍曹は、何を聞いても、わからない知らないという返事を繰り返すばかりだ。まるで埒《らち》が明かなかった。

バイスとブルックは無線を携帯しているはずだが、どうやら切っているらしく、呼び出しても梨《なし》のつぶてだ。

業を煮やした秋成は、直接ザヴィアの国防省内陸軍総司令部にいるアトリー大佐に国際電話をかけてみた。いったいどういうことなのか把握しておかなければ、指揮官としての責務が果たせないからだ。

アトリー大佐を呼び出してもらっている間、ダン軍曹はちらちらと目だけ動かし、秋成の様子を窺《うかが》っていた。秋成は視線に気づいていたものの、あえて素知らぬふりをした。

どうも気に入らないことばかりだ。

秋成の与《あずか》り知らぬところで何かとんでもない事態が起きているのではないかという予感が拭《ぬぐ》い去れず、気が気ではない。

ずいぶん待たされてから、アトリー大佐の代わりに副官を務めている少佐が出て、大佐は緊急の会議中で終わるまで連絡できないと取りつく島もなく断られた。秋成の胸騒ぎはますます激しくなる。念のため少佐に、本部からこちらに下された特命について知らないかと聞いてみたが、案の定無駄だった。

自分一人がかやの外に置かれているようで落ち着けない。

特命とはなんのことか、秋戒にはまったく考えが及ばなかった。シャティーラに来たのはフィエロンを中心とした政府関係者の護衛が目的で、それ以上でも以下でもないというのが秋成の認識だ。実際、その他に関する指示はいっさい受けていない。

フィエロンなら心当たりがあるだろうか。

そう思い至って急に椅子《いす》から立った秋成に、ダン軍曹が煩わしそうな顔をする。お飾りの隊長はデスクに座っておとなしくしていればいい、よけいなことをされては迷惑だとばかりだ。

「どちらへ行かれるのですか?」

まるで軍曹は秋成を監視するためにここに残っているかのようだ。

「私がきみに答える必要はない」

秋成は冷ややかに言ってのけ、振り返りもせずにドアに向かった。いい加減、この状況にはうんざりだ。部下たちですら秋成を見下し、勝手な行動をする。腹を立てずにいることなどできようはずがない。日頃は喜怒哀楽をあからさまにしない秋成も、感情は人並みに持っているのだ。気づかれないように隠しているが、実は他の誰より傷つきやすく、些細《ささい》なことにも一喜一憂する質《たち》だと自認している。

苛立《いらだ》ちから勢いよくドアを開け、廊下に一歩踏み出した途端、目の前にいた女性とぶつかりそうになり、ヒヤリとした。

「申し訳ない！」

「いいえ、こちらこそ」

頭を黒いヒジャブで覆って髪を隠した女性は、秋成から顔を背けたまま早口に言うと、足早に擦れ違っていく。

一瞬その様子に不審を感じたものの、具体的に何がどうというわけでもなく、引き止めるまでには至らない。シャティーラでは公衆の場で女性を無遠慮に見つめるのは不作法な行為とされているため、秋成もしつこく目を遣るのは憚《はばか》った。

半時前まで会談後の取材が行われていたホールは、すでに蛻《もぬけ》の空だ。

フィエロンと事務官、その他スタッフたちは、予定通り開発途中の油田を見学しに現地に向かった後だった。イズディハールをはじめとするシャティーラ側の関係者も一緒のはずで、いくらなんでもそんな場に押しかけるわけにもいかず、秋成は諦めた。気になるが仕方がない。バイスとブルックの帰還を待つ以外、手はなさそうだ。

失意と納得のいかない気持ちを抱え待機部屋に引き返す。

「ご苦労様です」

相変わらず休めの姿勢で定位置に立っていたダン軍曹が、目に嘲笑《ちょうしょう》を浮かべ、秋成に皮肉っぽく敬礼する。さっき冷淡にあしらったのを根に持っているのだろう。

秋成を、家柄のよさだけで大尉の階級を得た役立たずと見なし、不満をぶつけてくるのは、アトリー大佐のような上官たちに限ったことではない。むしろ、歳も軍隊経験も豊富なこの軍曹のような者たちこそ、忌々しく感じているようだ。

秋成は軍曹と二人でいるのが息詰まりでならなかった。このまま夜までこうしてここに待機しているのかと思うと苦痛さえ感じる。

執務机の上に置かれたメモ紙に気づいたのは、椅子を引いて座ろうとしたときだ。

「軍曹、これは?」

「隊長が席を外された後、バイス中尉から連絡を受け、隊長に伝言を頼まれました」

「なぜそれをすぐ私に言わない!」

「申し訳ありませんでした」

真っ直ぐ前方の壁を見据えたまま、ダン軍曹は悪びれたふうもなく形式的に謝罪する。

上官に対する不敬罪で懲罰の対象にしてもおかしくなかったが、秋成は今はそんな場合ではないと気を鎮め、メモに記された内容を確認した。

――今宵七時、コンジュの遺跡にて特命の件で極秘にご説明申し上げたし。当指令は国防省正規軍総司令部からの厳命であるとご承知おきくださるよう――

極秘、というからには一人で出向けということだろう。

秋成は尋常でない指令に眉を顰《ひそ》めたが、無視するわけにもいかなければ、躊躇《ため》う余地もなかった。

腕に嵌《は》めた時計に視線を落とす。

軍事作戦を行う際に使用する精密な時計は、午後四時過ぎを指していた。

コンジュの遺跡は、二世紀頃のものとされるローマ時代の劇場跡地だ。いわゆる円形劇場である。ここからなら車で三十分ほど南西に向かった郊外の、なだらかな丘の上に建っている。保存状態はかなりよく、コリント式装飾の施された柱の並ぶ舞台と、玄武岩で造られた観客席が当時の面影を色濃く残したまま現存しているらしい。昼間は観光客が訪れて賑《にぎ》やかだが、周囲に何もないため夜になると人気《ひとけ》の絶える場所と聞く。七時といえば外は真っ暗だ。いったいそこでバイスはどんな話をするというのか。不審を覚えないといえば嘘になる。だが、行くしかない。この数日来感じていた隊内における違和感は、実はこのバイスが直接司令部から受けていたらしい密命のためだとすると、ある意味納得はいく。要するに、秋成は司令部にカムフラージュ役の隊長として利用されているだけで、本来の目的はバイス中尉に託されていたわけだ。

はっ、と秋成は吐き捨てるように息をつく。

大尉の自分が中尉の隠れ蓑《みの》にされるとは、情けないにもほどがある。屈辱的だ。しかし、軍にとっては秋成のプライドなど取るに足らないものなのだ。扱いが気に入らなければいつでも除隊しろと哄笑する上席者たちの顔が目に浮かぶ。

秋成は唇を噛みしめた。

逃げたところで他に行き場はない。軍を辞めた秋成はローウェル家にとって負け犬の恥曝《はじさら》しだ。又従兄弟《またいとこ》を養子に迎え跡継ぎも得た今となっては、それを理由に絶縁されることも十分考えられる。ローウェル家を離れるのはいいとしても、秋成には軍人でいる以外、他にどうやって生活すればいいかわからなかった。性格的に不器用なのだ。どれほど理不尽な目に遭わされようと、生きていくためには軍を出られない。

夜の外出に備え、車の手配をしておかなければ。秋成は気を取り直し、傍らに立つダン軍曹に、在シャティーラのザヴィア領事館からジープを一台借りてくるよう命じた。軍曹は「はっ」と畏《かしこ》まり、素直に待機部屋を出て行く。他言無用と念を押す必要も感じないほどきびきびとした足取りだった。バイスの伝言にある、陸軍司令部の命令という言葉が効いているのだろう。


午後六時すぎ。

秋成は余裕をみて早めにホテルの駐車場を出た。常装で、ホルスターに拳銃《けんじゅう》を収め、念のためナイフも持った。

小型のジープを走らせ、あらかじめ調べておいた道筋を通って郊外へと向かう。

コンジュ遺跡は、昨日降りた飛行場とは反対に、内陸の砂漠地帯に近い場所に位置する。

すでに日は暮れている。アスファルトで舗装された市街地の幹線道路を走っている間は、ビルやモスク、住宅などの明かりが散らばり、都会的で華やかな風景が広がっていたのだが、郊外に出るに従い暗さが増していき、二十分近く経つ頃には対向車のヘッドライトすらまばらになった。民家の明かりと思《おぼ》しきものも一つ二つと数えられるほど少ない。

さらに行くと人の住む気配はほぼなくなり、道も緩やかに勾配《こうばい》してきた。

小高い丘を登っていく。

目指す遺跡はこの丘のてっぺんに建っている。

初めての道だったが迷うことなく目的地付近まで来ているとわかり、ホッとする。

運転中、秋成は、これから何が起きようとしているのかという不安な気持ちから逃れたくて、あえて職務とは無関係なことを考えるよう努めていた。

すると自然に脳裏に浮かんできたのが、昨晩のイズディハールとの遣り取りだ。

雄々しくてしなやかで逞《たくま》しく、精神的にも肉体的にも均整の取れた、理想的な王子殿下だという印象がある。

二人で剣術を競い合った一幕は、反芻《はんすう》するたびに鳥肌が立って身が震える。互角に渡り合えたのが奇跡のようだ。いや、互角などと思うのはおこがましい。あれはやはりイズディハールが無意識のうちにも手加減してくれていたのだ。本人はそんな余裕はなかったと言っていたが、秋成の立場や矜持を慮《おもんぱか》り、そういうことにしておいてくれたに違いない。

イズディハールが庭に誘ってくれたおかげで、秋成はずいぶん助けられた。苦手なパーティーで窮屈かつ肩身の狭い思いをし続けずにすんだし、久々に剣の手合わせができて爽快《そうかい》な汗を掻《か》けた。普段だと初対面の相手にはすこぶる緊張するのだが、不思議とイズディハールにはそれが出なかった。イズディハールの自然で感じのいい態度が秋成の気持ちを解したのだ。

もし秋成の傍にイズディハールのような人物が常にいてくれたなら、秋成はどれほど助けられ、楽になれるかしれない。もっと身近に付き合える相手であればよかったのに、と思ってしまう。とても残念だ。だが、ちらりとでもこんなふうに考えること自体、厚かましすぎるというものだった。出会って二人きりで話ができ、その上、剣の勝負まで申し込まれたというのは身に余る光栄だ。これ以上を望んでは罰が当たる。

イズディハールに思いを馳《は》せていると、秋成の心は羽毛のように軽くなる。

胸が温かくなってきて、知らず知らずのうちに口元が綻《ほころ》んでいるのに気がつく。一人でよかったと思う。

丘を登り切ると、目の前に古代の遺跡が建っていた。

ライトアップも何もされておらず、夜の帳《とばり》の中、一段と黒々した影がどっしりと目の前に立ちはだかっている。夜間訪れる者がほとんどいないというのも頷ける。

観光客用に整備された駐車場にだけはところどころ常夜灯の明かりが点《つ》いていた。

見渡す限り人気はない。車も一台も停まっていなかった。

「まだ中尉は来ていないらしい」

常夜灯の明かりがギリギリ届く場所にジープを停め、秋成はエンジンを切った。怖いくらい静かだ。

眼下に広がる景色も真っ暗で、市街地の明かりがずいぶん遠くに見える。よく知らない土地だけに心許《こころもと》ない。途中にぽつぽつ点在する民家が、かろうじて秋成の気持ちを和ませた。

しばらくじっとしていたが、腕を翳《かざ》して見た時計の針が約束の七時を過ぎているのを知り、秋成は不審を覚えた。

時間厳守は軍隊の鉄則だ。遅れるなどあり得ない。何かアクシデントが起きたのかと心配になる。

秋成は降りて辺りを見て回ろうと幌《ほろ》ドアに腕を伸ばしかけた。

そのとき突然、遠くで雷鳴が響いたかと思うと、目の隅に一際明るい光が飛び込んできた。

秋成はギョッとして目を瞠《みは》る。

「爆発だ……！」

オレンジ色の小さな点が肉眼でも見える。爆発した後、火の手が上がったのだ。

「いったい、何が起きたんだ」

秋成は啞然《あぜん》として呟《つぶや》いた。

爆発が起きたのは、隣国ブルハーン共和国との国境付近だ。

ブルハーンとシャティーラは昔から仲が悪い。宗教の戒律に対する考え方の違いに端を発した小競り合いが半世紀以上続いているだけでなく、二十年ほど前にはシャティーラの持つ豊富な地下資源を狙《ねら》ったテロまで起きた。今でも常に一触即発状態だと言われている。八年前にハマド三世が国王の位に就いてからは、いくらか関係が改善されてきたはずだが、平和的解決などでは生ぬるいと不平不満を持つグループはどちらの国にも存在する。ブルハーンのケシム大統領も地下に根を生やして過激な活動を企てる組織には手を焼いている模様だ。ザヴィアはブルハーンとも石油や鉱物の取引が活発で、これまでに何度か二国間の仲介役を務めたことがある。だが、昨今は、今回の会談で協議された石油開発問題を抱えていたため、その機能を果たせずにいる。中立だった立場が若干ブルハーン寄りになりかけているのは確かだ。四年前から卓越した外交手腕で国王を助けてきたイズディハール王子もさぞかし苦労が多いことだろう。

もしこの爆発がブルハーン側の過激派組織によるものだとすれば、大変な事態になる。

秋成はもっとよく様子を見ようと、双眼鏡を手に外に出た。

手摺《てす》りの傍まで歩み寄り、彼方《かなた》の事件現場に向けて双眼鏡を構える。

高性能レンズのピントを合わせるために絞りを操作していた秋成は、緊急事態の発生に気を取られ、周囲に対する警戒を薄れさせていた。ここには誰もいない、来るとすれば仲間のバイスだという認識が、秋成を油断させたのだ。

背後からいきなりガツンと後頭部を殴られ、弾《はず》みで手から双眼鏡を落とす。

しまった、と悔やむ間もなかった。

たちまち意識が遠離《とおざか》り、秋成はその場に頽《くずお》れた。

※

午後七時過ぎ、ブルハーンとの国境に近いディナル市の郊外にあるシャティーラ陸軍第七駐屯地に爆弾を積んだトラックが突っ込み、兵士五人が死傷、たまたま基地を訪れていた新聞記者とカメラマンも巻き添えで重傷を負うという惨事が起きた。

フィエロン外相一行を開発中の石油発掘現場に案内した後の帰途にあったイズディハールは、車中で第一報を受けるやいなや、ここ二、三日の間ずっと感じていた不穏な予感はこれのことだったのかと、半ば合点のいかぬ気持ちを引きずりつつも、いったん納得した。

「なんと！　ブルハーンの過激派組織の仕業ですか？」

同乗していたフィエロンが驚きを露《あらわ》にする。

「まだわかりません」

イズディハールは慎重に答えて首を振る。

軍務を司《つかさど》るすぐ下の弟ハミードに連絡を取り、状況はどうなっているかと聞いてみたが、今のところ犯行声明は出ておらず、なんとも言えないとの返事だった。

敵の攻撃は駐屯地だけにとどまらず、そこから二キロ北にある市街地でも、ほぼ同時刻に爆破事故が起きたようだ。市庁舎の駐車場に停められていた車にあらかじめ仕掛けられていたらしい爆弾が爆発し、建物の一、二階部分の窓が爆風で吹き飛んだのだ。付近を通行していた民間人二名がガラスや金属片などに襲われて重体という。現在、軍ではこの狙われた二カ所の被害を把握し、周辺から市民を避難させるのでてんてこ舞のようだ。

これまでにも何度か銃を使った攻撃を受けたことはあったが、ミサイルというのは初めてだ。とうとうここまで争いが激化してきたか、とイズディハールは苦渋で胸がいっぱいになる。

「我々は予定どおり明日発てますかな？」

フィエロンがいかにもバツが悪そうな顔をして言う。緊急事態が勃発した矢先、対岸の火事だとばかりにそそくさと帰国することを、友好国の外相として気まずく感じているのだろう。その実、口や表情とは裏腹に、面倒に巻き込まれるのはご免だと思っているようなのが小狡《こずる》げな目つきから察される。

「ご心配なく。あいにく私はお見送りできそうにありませんが、皆様のご出立は最優先事項として関係各所に申しつけておきます。必ずや無事にシャティーラを出国していただけるよう、務めさせていただきますので」

「そうですか。助かりますよ、殿下。安堵致しました」

「当然のことです」

むしろフィエロンたちには、さっさとザヴィアに帰ってもらいたいというのが、イズディハールにとっても正直なところだ。

昨日、今日と二日間、フィエロンと共に行動してきたが、今もってなんとなく虫の好かない男だという印象は変わらない。

最初に握手を交わしたとき、背筋を駆け抜けた悪寒。あれはいったいなんだったのか。爆発物を使用し、民間人まで巻き込み犠牲にしたテロ行為は、シャティーラ国内において稀《まれ》にみる凶悪で卑劣な犯罪だ。しかし、それとフィエロンから受けた神経を逆撫《さかな》でする嫌な感触は、別物のはずである。もし何か凶事が起きるとすれば、てっきり石油採掘関連のことだと踏んでいた。悪い予兆は当たったが、果たして本当にこのことだったのか、イズディハールは引っかかりを覚え、どうもすっきりしなかった。

ともかく、会談の結果、両国が歩み寄る方向で解決案を出せそうな感触は得ている。一行を安全に出国させることは必須《ひっす》だ。

イズディハールが唯一残念なのは、緊急事態が発生したせいで空港まで見送りに行く余裕がなくなり、最後に一目姿を見たいと思っていた秋成に会えずじまいになりそうなことだ。

結局、今日は会談後の記者会見の際にちらっと見かけただけで、話しかけることはおろか、視線を交わすこともなかった。

もう一度、秋成の凜《りん》と澄んだ耳に心地よい声を聞きたかった。金茶色の瞳にイズディハールの姿をしっかり映らせ、秋成の記憶に少しでも長く自分の姿を刻み込ませておけるなら、どれほど嬉《うれ》しかっただろう。もちろん、イズディハール自身も、どこか寂しげでせつなさを掻き立てられる美貌を、この目に焼き付けておきたいと思っていた。

ほんの少しの間一緒にいて、庭を歩き、剣を交え、話をしただけだ。

それにもかかわらず、イズディハールは秋成が気になってたまらない。暇さえあれば秋成のことを考えている。儚《はかな》げな印象の綺麗な顔が脳裏から去らないのだ。

こんな気持ちはかつて経験した覚えがない。

もっと自由に行動できる身だったなら、イズディハールは迷わず秋成の元に行き、きみに興味がある、話がしたい、傍にいたいと訴えるだろう。

あいにくイズディハールには、帰国した秋成を気さくに訪ねられる機会などまずなさそうだ。王子だから出会えた。いささか強引に迫ってパーティーの最中に連れ出せた。そう考えれば、王子だからもう簡単には接触できないという結末も潔く受け入れるのが道理というものだ。

頭ではちゃんと承知している。

イズディハールはひっそり諦観《ていかん》に満ちた溜息をつき、真っ暗な車窓に視線を転じた。

今は秋成のことにあれこれ思いを馳せている場合ではない。

フィエロンをホテルに送り届けたら、その足で王宮に向かい、緊急対策会議だ。ハミードの配下にある諜報部が、新しい情報を得ているかもしれない。

ことによると対応策の検討に明け方までかかる可能性もあり得る。しかし、イズディハールは激しく闘志を燃やしていた。

大事な祖国を守るためなら、いくらでも身を粉にして働く覚悟はできている。必要ならばどんな犠牲を払うのも厭《いと》わない。それが王子に生まれた者の責務だと、物心ついた頃からイズディハールは理解してきた。

ホテルのVIP用車寄せに到着する。

フィエロンはイズディハールの手を取り、滞在中の厚いもてなしに対する謝辞を述べた。

ぐにゃりと柔らかくて張りのない手を握り返したとき、イズディハールはやはり嫌悪に近い感情を抱いて、思わず探るようにフィエロンの目を覗《のぞ》き込んだ。

愛想笑いを浮かべた顔に二つ並んだ灰緑色の目は、イズディハールの強い視線を受けるや、疚《やま》しいことでもあるかのように逸《そ》らされた。一瞬、頬《ほお》の肉も引きつった気がする。

それで何かがわかったわけではない。ただ、イズディハールはフィエロンを、全幅の信頼を置くには値しない男だと、あらためて感じた。

「明日はどうぞお気をつけて」

イズディハールは短く応じると、ついでを装って周囲に侍《はべ》るザヴィア側スタッフの顔をざっと見渡した。

もしかしてと期待したのだが、残念ながらこの場に秋成の姿はなかった。代わりに副官と思しき男がいる。階級章から中尉とわかる。秋成はどこにいるのだろうと腑《ふ》に落ちなかったが、まさかここで訊《たず》ねるわけにもいかず、縁がなかったのだと諦めた。

再び車に乗り込み、王宮へ急がせる。

閣僚たちや軍事関係の専門家、そしてイズディハールの双子の弟である第二王子ハミードも、すでに会議の席に着いていた。ハマド三世はこういった場合、会議には出席しない。会議で導き出された結論を聞き、それについて独自に抱えている各界の有識者らの意見を聞いて共に検討し、最終的な是非を下すのだ。

「状況は?」

イズディハールは議長役のカネロン政務官の隣に座るなり、軍務統括責任者のハミードと、陸軍大将ザーランドにさっそく説明を求めた。

「はい、殿下。つい先ほど、爆発したトラックを運転していた男の遺体を回収しました。ただ今情報部と警察で身元を照会しておりますが、ブルハーンの過激派組織マスウードのメンバーであることは間違いありません。上腕にメンバーの証《あかし》である入れ墨が認められました」

「マスウード? 聞き慣れない組織だが」

イズディハールは眉を顰め、自分とまったく同じハミードのダークグリーンの目を見据えた。

ハミードの瞳には、激しい憤りと、それを抑えつけて冷静に振る舞おうとする強固な意志が、はっきり窺《うかが》える。常にディシュダシュとカフィーヤを纏った姿しか公的に見せないほど愛国心の強いハミードは、心底怒り、卑劣なまねをする者たちを軽蔑《けいべつ》しているようだった。

「マスウードはここ一、二年の間に存在が噂されだした新興の組織です。目的のためには手段を選ばない危険な思想を持つ要注意組織、という認識はありましたが、活動資金も武器を入手するルートも確保しておらず、こんな大がかりなことができるとは予測されていなかったグループです」

「ということは、裏で誰かがマスウードに手を貸しているかもしれないわけだな?」

「そう考えるのが妥当でしょう」

ザーランドも神妙な顔で頷き、同意する。

今後の対策を練る会議は、夜明けを迎えてからも続けられた。

ただでさえイズディハールは、ザヴィアとの交渉を有利に運ぶため、このところずっと寝る間も惜しんでそちらにかかりきりだった。それが一段落して、ようやく一息ついたばかりのときに、今度はこのテロ事件だ。疲れていないといえば嘘になる。しかし、イズディハールは、そんなことはおくびにも出さず、有事に際して冷静かつ力強く指導力を発揮して、この場を仕切った。

自分のやるべきことを全力でやり、自分自身に恥じないように努力する——イズディハールの信念はこれに尽きた。

「失礼いたします!　ただ今、諜報部から新たな情報が入ってまいりました!」

会議室の大きな両開きの扉が叩《たた》かれ、ハミードの側近がファックスで受信した資料のコピーを人数分持って入室してきたのは、サンドイッチとコーヒーの、軽い朝食を兼ねた休憩をとった直後のことだ。

「すぐ皆にも回せ」

ハミードは二部受け取ったうちの一つをすぐさまイズディハールに渡し、さっそく資料を捲《めく》り始めた。イズディハールも急いで目を通す。

「やはり、マスウードに武器を供給し、煽《あお》った輩《やから》がいるようだな」

まだそれがどこの誰かは特定しきれていない様子だが、マスウードが現在保持しているとみられる武器や弾薬などの数は把握されている。

「マスウードは昨晩一度の攻撃で退《ひ》くと思うか、ハミード?」

「いいえ、思いませんね。これだけ大がかりな武装をしているからには、次も計画していると見るのが妥当でしょう」

ピン、と指で資料を弾《はじ》き、ハミードが苦々しげに答えた。

イズディハールも同意見だった。

※

「……んっ」

秋成は冷たく硬い床に横向きに倒れている状態で意識を取り戻した。

首を動かすなり頭部に鈍い痛みを感じる。

何者かに背後から襲いかかられ、後頭部に一撃を浴びてそのまま何もわからなくなったことを思い出す。まだ少し頭がぼうっとしている。

腕を突いて起き上がろうとして、背中で両腕を縛られているのに気がついた。幸い足は自由にされたままだ。

秋成は腹筋を使って上体を起こすと、周囲を見回した。

すでに夜は明け、石壁の上方を刳《く》り貫《ぬ》いて造られた窓から強い日射しが燦々《さんさん》と差し込んできている。よほど深く昏睡《こんすい》していたらしく、もう正午に近い時刻のようだ。

床も壁も古びた黒っぽい石を積み重ねたり並べたりしてできている。幅三メートルほどの、天井がアーチになった通路だ。決まった間隔で、壁の高い位置に明かり取りと通気のためと思しき窓が空いている。

どうやらここは劇場の舞台裏にある通路らしい。普段、観光客には立ち入りを許可していない場所なのだろう。

いったい誰が、なんの目的で秋成をこんな目に遭わせたのか、まるで思い当たらない。

軍内部の人間関係が今ひとつしっくりいっておらず、部下たちにも疎まれているようなのは承知だが、だからといってここまでするのはやりすぎだ。冗談や嫌がらせの範疇を超えている。

上層部に露見すれば軍法会議ものである。バイス副官らもそこまで考えなしではないはずだ。もしかすると、特命絡みの敵に昨晩の密会を察知され、バイスとブルックも同じように捕まっているのかもしれない。

秋成は油断してこんな目に遭わされた自分の愚かさ、不甲斐《ふがい》なさに歯噛みし、事態を何も把握していないことに焦燥した。

とにかくここを出て、皆と連絡を取らなくては。

秋成は後ろ手に縛られた腕を動かし、縄を解こうと試みた。だが、ぎちぎちに拘束された縄《なわ》紐《ひも》はまるで緩む気配もない。藻掻《もが》けば藻掻くだけ手首が擦れて傷つき、痛むだけである。縄に傷を付けない限り、自力で解くのは無理だった。

よろめきながら立ち上がり、不自由な格好のまま勘だけを頼りに右手に歩きだす。

表に出れば観光客の一人二人はいるだろう。

問題は、果たしてすんなりここから出られるかどうかだ。

長い通路をあちこちに目を配りつつ歩く。

歩きながら秋成は、衣服がほとんど乱されずにすんでいることにささやかながら安堵した。ナイフと拳銃は取り上げられていたが、それはこの場合当然だったので失望しなかった。誰が秋成を駐車場からここまで運んだにせよ、秋成が何より知られたくないと恐れている秘密に気づかれた様子はなさそうだ。それだけがせめてもの救いだった。

しばらく行くと通路の端が見えてきた。

下におりる階段があったと思しき場所に出たが、石が崩れてしまっており、人が通れる状態ではなくなっている。どうやらここは違うようだ。別の行き方があるのだろう。

しかし、ここまで来たこと自体は無駄ではなかった。

崩れた石の中に、鋭い切っ先に割れた部分を持つものがある。

秋成は冷や汗を掻いて緊張しながら崩れた石場に足を踏み出し、どうにかその石の傍まで辿《たど》り着いた。

石に背中を向けて中腰で立ち、不安定で辛《つら》い姿勢に耐え、腕を縛った縄紐を切っ先に擦りつける。

少し間違えば手や腕を傷つけ、血だらけになるだろう。足が震えるなどしてバランスを崩し、万一この石の上で転倒してしまえば、もっと酷《ひど》い惨事に見舞われる。

恐ろしかったが、それより早く戻らねばという必死の気持ちが強かった。

ザヴィアからの一行は正午にはシャティーラを発つ予定だ。もうあまり時間がないことは想像に難くない。

焦る気持ちを堪えて注意深く縄を傷つける。

腕や膝《ひざ》が怠《だる》くなり、あちこちの筋肉が疲れて強張《こわば》り痛んでくる。

額に浮いた汗が落ちて目に入り、沁《し》みた。

もう、さすがにこれ以上は体勢を保てない、少し休んだ方がいいかもしれないと弱気になりかけたとき、ブツッと縄が一本切れる手応えがあった。

ふらつく足で尖《とが》った石から身を遠ざけ、埃《ほこり》まみれの壁に肩を凭れさせ、荒々しい呼吸を繰り返す。

手首を何度か捻《ひね》ると、ばらっと縄が解けた。

目の前に翳してみたところ、擦り傷だらけで見るからに痛々しげな状態にはなっているものの、他に怪我はしていない。無線機を仕込んだ特殊な軍用時計は抜かりなく外されていた。

ほとんど休む間もなく、秋成は通路を駆け戻ると、別の出口を探した。

反対側の端にある階段も先ほどと似た状態だったが、こちら側の行き止まりの壁には木製の扉がついており、引いてみると固かったが鍵《かぎ》は掛かっておらず、開いた。黴臭《かびくさ》く薄暗い円形の部屋だ。天井がかなり高い。小さな窓が一つだけあり、そこから青い空が見えていた。どうやらここは演技者の控え室か何かに使われていた部屋らしい。

この部屋にもう一つ扉があって、そこを開くと幅の狭い傾斜の急な石の階段が続いていた。

下りきった先は舞台の袖だ。ちらほらと観光客の姿も見える。

なるほど、こんなふうになっていたのか、と秋成は抜け出せた喜びと共に理解した。

ぐずぐずしている暇はない。

秋成は駐車場まで走った。

だが、ここでも秋成は愕然《がくぜん》とするはめになった。

昨夜ジープを停めた場所はぽっかりと空いている。念のために駐車場を隅から隅まで見て歩いたが、ジープは影も形も見当たらなかった。一難去ってまた一難だ。

無線機は取り上げられている。迎えに来てもらおうにも、護衛隊のメンバーに現状を報せることもできない。

「仕方がない。タクシーが拾える場所まで歩くしかなさそうだな」

秋成はさして迷うこともなく決断すると、一分一秒を惜しむ気持ちで歩き始めた。

黙々と足を運びつつ、秋成はこの異常な事態をどう受けとめればいいのか考察した。

結局、昨晩バイス副官が来たのかどうかもわからない。

背後からいきなり殴りつけられたため、秋成は暴漢の顔も何もまったく確かめられなかった。なんの狙いがあって、誰がこんなまねをしたのか。悪戯《いたずら》にしては悪質で手が込みすぎている。プロの仕業なら今ひとつ生ぬるく、中途半端だと感じる。行きずりの強盗に襲われただけとも思えない。腑に落ちないことだらけだった。

今頃、護衛隊の面々は、秋成の不在と連絡不通に困惑しているだろう。

すでに帰国便が離陸する時刻を過ぎている。少なくとも政府関係者は搭乗したはずだ。護衛隊隊長がいないことに気づいた者がいたかどうかも怪しいところだ。下手をすると、秋成一人を残し、取りあえず全員シャティーラを出てしまったかもしれない。昨晩起きた大がかりな爆発の件で、シャティーラ政府も事態の収拾に右往左往していると思われる。シャティーラ側としてもザヴィアの外相一行はできるだけ早急に安全圏に送り出し、万一の事態が起きるのを避けたいだろう。そう考えると、それもあり得なくはない気がした。

「帰ったら、降格は間違いないだろうな」

まぁ、そんなことはどうでもいいことだが、と秋成は諦観に満ちた吐息を洩らす。

どんな言い訳も通じないであろうことは考えるまでもない。

同時にまた、昨晩の爆発と思しき一件がなんだったのか、被害の程度はどのくらいなのか、余所《よそ》の国のことながら気を揉《も》まずにはいられなかった。

ただの事故ならばまだしも、もし過激派組織による実力行使などであったなら、さぞかしイズディハールは胸を痛め、憤懣《ふんまん》を感じているに違いない。秋成にも力になれることがあればぜひ協力したいと思うのだが、公務中の外国人の身ではシャティーラに留まるのすら困難だ。どうかあまり根を詰めて無理をしないでほしいと陰から祈るばかりである。

丘を下りて片側一車線の真っ直ぐな道に出たところで、郊外から市内へ向かう輸送用の軽トラックが秋成を見て停車し、近くの街まででよかったらと、乗るよう勧めてくれた。

秋成はありがたく厚意を受け、車で七分の距離にある中規模の街に連れていってもらい、そこでタクシーに乗り換えた。

王宮のある街まで、そこからおよそ二十分で着く。

事件が起きた場所は五十キロほど北西に離れているせいか、市街地に入っても市民の間に混乱や動揺が広がっている感じは受けなかった。緊急事態発生による戒厳令が出た様子もない。

ホテルの裏手にある職員用駐車スペースの傍でタクシーを降りる。

敷地内を歩きながら、秋成は手首についた縄の跡が袖口から覗くのを目にし、昨晩自分の身に起きたことをアトリー大佐にどう説明しようかと悩んだ。正直に言って信じてもらえるのなら問題はないが、そう簡単にいきそうな気がしない。

それより前に、ホテルに誰か残ってくれているのかすら定かでなく、秋成の足取りは重くなる。

駐車場を横切って数メートル歩いたところで、いきなり前方に停められたバンの陰から兵士二人が姿を現す。秋成はギョッとして足を止めた。

シャティーラの陸軍兵だ。軍帽の下の顔つきは厳めしく、友好的な雰囲気は微塵《みじん》も感じられない。

後ろからもザッザッと靴音がして、誰か近づいてきた。振り返ってみると、やはり兵士が二人立っていて、秋成は敵意を込めた目で睨《にら》まれた。

「何事ですか?」

秋成は四人に囲まれ緊迫した状況でもなんとか平静さを保ち、穏やかに聞いた。

「ザヴィア軍近衛《このえ》部隊大尉、秋成・ローウェル殿だな?」

最も年嵩《としかさ》と思しき兵士が秋成の質問を無視し、居丈高な調子で確認してくる。

「そうです」

「昨晩ディナルで起きた爆破テロについて二、三お聞きしたいことがある。速やかに我々とご同行願いたい」

「爆破テロ、だったのですか、あれは？」

秋成は目を瞠った。

もしやと可能性の一つとして危惧《きぐ》していたが、実際に聞くとやはりショックだ。

秋成の反応を見た兵士たちは、表情を緩めるどころか、かえって敵愾《てきがい》心を剝《む》き出しにしたような剣呑《けんのん》な顔をする。秋成の言動の一つ一つに疑いと警戒心を持ってかかり、僅《わず》かも油断するまいとしている感じを受けた。

どうやら何かとんでもない誤解をされているらしい。

秋成はこくりと唾《つば》を呑《の》んだ。

まるで捕虜を連行するかのごとき態度の四人に囲まれ、ワゴンの向こうに停まっていた黒塗りの乗用車に乗せられる。後部座席の真ん中で、秋成の左右に二人、運転席と助手席に一人ずつ座った。

どこに連れていかれるのか、何を尋ねられるのか、これから先に待ち構えていることが予測できず、秋成は不安に心臓を激しく打ち鳴らしていた。

自分が何かに巻き込まれ、大変な立場に置かれているのだとは薄々察せられたが、それとテロ事件とがどう繋《つな》がるのか、さっぱり見当もつかない。人違いではないのかと一瞬本気で思ったほどだ。しかし、きちんと名前を確かめられて連行されているわけなので、先方が用事があるのは秋成に間違いないだろう。

わけのわからぬまま数分後に到着した先は、軍務統括本部だった。まだ新しい、薄茶色の壁をした四階建ての横長の建物だ。前庭のロータリーの中心には芝生が敷かれ、噴水が水を上げている。戦闘服を着て、いつでも撃てるように機関銃を腕にした門兵たちがいなければ、博物館のような雰囲気がする。

秋成は先導役の男に従い、建物の中に入った。

とにかく担当者と話をして、もし何かの嫌疑をかけられているのなら、一刻も早く釈明して晴らしたい。秋成にはどんな疚しいところもないのだ。

一階の中央は監視を兼ねた受付ブースの設置されたエントランスホールだ。二階まで吹き抜けになっており、大理石製の大きな階段が一際存在感を放っている。フロアを行き交っているのは主にデスクワーク担当の軍人らしく、ほとんどが常装の軍服姿だった。近代的で開放感のある建物だ。

秋成は階段ではなくエレベータに乗せられて、地下にある小部屋の一つに入らされた。取調室と思しき場所で、中央にテーブルと椅子二脚が置かれている。窓もなく、照明も抑えられていて、陰気で居心地が悪かった。否応もなく不安が増幅する。

とても椅子に座る気になれず、また、恐い顔をして話しかけられるのも拒絶する態度の兵士たちの誰も秋成に椅子を勧めなかったので、秋成は立ったままでいた。身の置き所のなさを感じる。緊迫感を孕《はら》んだ沈黙も苦痛で、一分が一時間にも思えた。

どれくらいしてからか。

「入るぞ」

ドア越しに毅然《きぜん》とした押し出しの強い声がかけられ、返事を待たずにすぐ開けられた。四人の兵士たちが一斉に敬礼する。見事な統制の取れ方で、行動に一糸の乱れもなかった。

思わず秋成も立場を忘れ、日頃の習慣で自分まで彼らにつられて敬礼してしまうところだった。

寸前で我に返ったが、気恥ずかしさを覚える暇もなく、秋成は入ってきた男の顔を見て驚いた。

「イズディハール殿下……？」

軍服を着た兵士ばかりの中、一人だけ民族衣装を纏った男は、パーティーの夜に一緒だったイズディハール王子だ。秋成が王子を見間違うことはない。だが、どこか違和感があって、つい語尾を上げて問う形になってしまった。顔立ちや背格好は秋成の記憶しているイズディハールと瓜《うり》二つだが、醸し出す雰囲気がそこはかとなく違っている。ダークグリーンの瞳で敵を見るように睨み据えられたとき、秋成は特にそれを感じた。

「ほう」

声が発せられると、秋成はいよいよこれはイズディハールではないと確信した。よく似た、意識しなければ聞き分けられないし、どこがどう違うとは説明できないくらい同じ声なのだが、秋成にはわかる。

「だてに大尉の位に就いているわけではなさそうだな。初対面の俺を、話もしないうちから皇太子殿下と見分けられるとは、たいしたものだ」

イズディハールと同じ顔の男は皮肉げに言った。

喋《しゃべ》れば喋るほど違いが如実になっていく。それでもなお秋成は、別の人格を露わにしたイズディハールを見ている気がして、変な心地になり戸惑ってしまう。それほど二人はそっくりなのだ。イズディハールのような見事な体軀《たいく》と端整な容貌を持つ貴公子が存在することすら不思議だったというのに、それとまったく同じ外見をした人がもう一人いるなど、あまりにも出来すぎている。にわかには信じがたい気持ちだ。

「申し遅れたな。俺はハミードだ。皇太子殿下からすれば同い歳の弟になる」

すでに予期していたとおりだったので、秋成は静かに頭を下げて敬意を表す。

秋成の落ち着き払った態度が癪《しゃく》に障ったのか、ハミードは胸の前で腕を組むと、嫌みっぽい笑いを口元に浮かべた。

「なるほど、大尉は顔に似合わず剛胆で、何事にも臆さない性格らしい」

ハミードは秋成に当てた視線を逸らさず、含みのある口調で続ける。

「これなら確かに、大それたことを企てても不思議はないかもしれないな」

「ハミード殿下、それはどういう意味でしょうか？」

大それたこととはなんなのか。身に覚えのない言葉だ。秋成は聞き捨てならなくてハミードに問い返した。

ハミードは疑い深いまなざしを秋成の全身に無遠慮に巡らせる。迫力のある視線に晒されているだけで萎縮《いしゅく》してしまいそうだったが、秋成はあえてハミードの顔から目を逸らさず、気丈に振る舞った。ハミードにはそれが居直りのように見えたかもしれない。さらに目つきが鋭く酷薄になった。

「まぁ、座らないか」

ハミードは腕組みしたまま兵士の一人に向けて顎《あご》をしゃくってみせ、折り畳み式のパイプ椅子を示す。

はっ、と畏まった兵士に肩を押されかけたのをさりげなく身を退いて避け、秋成はさっと椅子を引いてテーブルに着いた。強要されなくても言われれば従う。聞かれて困ることなど何もないのだ。堂々とした態度で臨みたい。他にこの場でどうすることもできない秋成の矜持だった。

「おまえたちはもう行っていい」

ドア付近に直立不動の姿勢でいる兵士二人を退出させたハミードは、ようやく腕を解くと、白いディシュダシュの裾を捌《さば》きながら大股に秋成の向かいに歩み寄り、椅子に座った。どうやら王子自ら、秋成を尋問するつもりらしい。

間近で見るハミードは、顔の作りこそ寸分違わずイズディハールとそっくりだったが、醸し出す雰囲気は明らかに異なっていた。

ついじっと見つめてしまった秋成を、ハミードはフッと冷ややかに笑い、揶揄《やゆ》する。

「俺の顔はそんなに兄と似ているか？」

「あ。……申し訳ありません」

秋成は不躾《ぶしつけ》だった無礼を恥じ、頭を下げて詫《わ》びた。

「よくあることだ」

ハミードはこれに関しては今さら頓着しないらしく、さらりと言ってのける。

「国内の人間でも俺が皇太子殿下と同じ顔をしていると知っているのは一握りだ。メディアに顔を出すのは陛下と皇太子殿下に限られているからな。おかげで俺もいろいろと助かっている。義務の一つとはいえ、公に顔と私生活の一部を晒さねばならない殿下には、正直同情するね。俺は昔から影に徹するのが性に合っている」

「一昨日の晩、パーティーでお背中だけお見かけした気がするのですが」

秋成は思い出して控えめに聞いてみた。

「ああ。よくわかったな。義理で会わねばならぬ相手が何人か出席していたので、三十分ほど会場にいた」

やはりそうだったのかと秋成は引っかかりが消えてすっきりした。

微《かす》かに頷き、答えてくれたことに秋成が目で感謝すると、ハミードはおもむろに表情を厳しくし、容赦ない尋問者の顔になった。

「世間話はこのへんで終わりにして、昨晩のことを話してもらおうか」

声音も低く、凄《すご》みの増したものになる。

秋成は膝に置いたままの左手を、右手で摑《つか》み、傷ついた手首を指で撫《な》でて確かめた。擦り傷がひりひりして痛む。血はとうに乾いていた。

命令を受けてコンジュの遺跡に呼び出され、中尉と落ち会う前に何者かに襲われ意識をなくし、気がつくと正午近くになっていた——これが秋成にできる説明のすべてだ。ただし、特命と聞いていたので、誰に命令されて誰と会うつもりだったかの部分は話せない。フィエロンたちが無事に出国したのか、それとも秋成同様、何か不都合が生じてどこかで足止めされているのかも定かでない状況下、秋成が口にできることはごく限られる。

秋成は腹を据え、怖じけずにハミードと対峙《たいじ》する決意をつけた。

「その前に、私はどんな疑いをかけられているからこうしてわざわざ殿下のお手を煩わせているのか、お教え願えませんか」

「何も知らぬ顔をするのが得意だな、大尉」

ハミードに秋成の有罪を確信しているかのような言い方をする。すでに調べはついており、本来ならばこうした手順を踏む必要もなく拘束していいところを、情けをかけて丁重に扱ってやっているのだとばかりだ。

「いいだろう。その方が大尉も諦めがつき、無駄な抵抗をやめて素直に全部吐く気になるかもしれないからな。こちらの手間も省けるというものだ」

切れ長の目を眇《すが》め、ハミードは首を斜めにして秋成を睥睨《へいげい》した。自分たちの優位を見せつけ、秋成を萎縮させるつもりのようだ。実際、秋成は得体の知れない怖さ、今後どうなるのか量れない不安を感じ、手足の先が冷たくなるほど緊張してきた。背筋を伸ばして平静を装い続ける態度をいつまで貫けるのか怪しかった。

「昨晩起きたテロが、ブルハーンの過激派新興組織マスウードの仕業であることは、すでに裏が取れている。半年ほど前からマスウードを陰から支援し武器などを供給している輩がいる、という情報は摑んでいたが、今回の一件でようやくその正体が少し見えてきた。驚いたよ、大尉。ザヴィアは何食わぬ顔をして我々を裏切っていたようだな?」

「知りません。そんな、初耳です」

予想もしない話に、秋成は心底驚き、断固として否定した。

「何かの間違いではありませんか」

「よく言う。綺麗な顔をして、大尉も相当したたかな男だな」

「では、我が国の仕業と思われた根拠はどこにあるのですか?」

秋成は一方的な言いがかりをつけられ、したたかなどと評されて、内心怒りを湧かせていた。しかし、ぐっと堪えてあくまで冷静に振る舞う。感情的になったらかえって痛くもない腹を探られかねない。

「マスウードの武器供給ルートにザヴィアの軍隊が関わっている疑いが濃厚になった。つい三時間前、ディナルにやつらが構えていたアジトを突き止め、直ちに捜索した。あいにく、いち早くこちらの動きを察したらしく中は蛻《もぬけ》の空だったが、慌てて逃げたために武器や弾薬が一部残されたままになっていた。それらの製造元から販売経路が特定され、ザヴィア軍が一枚噛んでいるらしいとわかったわけだ」

ハミードの説明に秋成は口を噤《つぐ》んだまま俯《うつむ》くしかなかった。

信じたくはないが、違うとも断言できない。秋成には、軍上層部の考えも政府の思惑も、正直定かでなかった。軍に所属してからは特に自分のことで手一杯で、体制全体を見通す視野を欠いていた。

「どうやら根底にあるのは石油採掘問題に対する強烈な不満のようだな。形勢が悪くなりつつあるとわかるや、さっそく報復の準備を始めるとは、利己主義にもほどがある。表面上は我が国とブルハーンどちらに対しても中立であるかのごとく装いながら、内実はブルハーン政府と結託し、新興過激派グループを利用してテロ計画を実現させた——なかなかよくできたシナリオではないか。あと数時間早くアジトを調べられていたら、みすみすフィエロン外相を帰国させはしなかったものを」

ハミードは一生の不覚とばかりに苦い顔をする。

秋成は、想像以上に己の立場が抜き差しならなくなっていることを知り、危機感を募らせた。ハミードの弁からすると、現在シャティーラに残っているのは秋成一人のようだ。

なぜ？　見捨てられたのか？　それとも最初からそのつもりで、すべて計画されていたことだったのだろうか？

——わからない。

秋成は混乱する頭に手を当て、小刻みに震えてきた指を隠すため、額にかかる髪を覚束《おぼつか》ない仕草で掻き上げた。

ハミードはそんな秋成に強い視線を当てたまま、さらに酷薄さを強めた語調で追い打ちをかけてくる。

「しかし、マスウードが昨晩テロを起こしたのには、ザヴィアも仰天しただろう。一歩間違って疑惑をかけられれば、出国できなくなるやもしれなかったのだからな。だが、我々も完全に運に見放されたわけではなかったようだ。なんの手違いか、こうして大尉が一人居残ってくれている。大尉に感謝すべきだな。大尉に聞けば、我々の知りたいことをもっと詳しく教えてもらえるわけだ」

「私は何も知りません」

秋成はそれ以外言えず、信じて欲しいと目で必死に訴えた。

「昨夜、コンジュの遺跡で暴漢に襲われ、手を縛られた状態で舞台裏の通路に放置されていたのです。気がついたら、もう日が高くなっていた。私にも何がなんだかわからず、取りあえずこうしてここに戻ってきた次第です」

「あそこは夜間行ったところで何も見るもののない寂しい場所だ。そんなところに何をしに行ったと言うのだ?」

「呼び出されたのです」

「誰に?」

ハミードの口調は一言ごとにどんどん厳しくなっていき、考える間を置かせぬ勢いで畳みかけてくる。秋成は言葉に詰まり、視線をテーブルに落とした。

「大尉、俺は誰にと聞いているのだ!」

一際凄みを効かせた声で怒鳴られる。

秋成は雷が頭上に落ちたように一瞬身を竦《すく》め、息を呑み、肩を大きく揺らした。激昂《げっこう》したハミードの迫力は並でない。恐ろしさのあまり、この場から逃れたい一心で、知らないことでも知っている振りをして喋ってしまいそうだった。

もしもハミードたちが得ている情報が誤っていて、ザヴィアは何も関係ないのだとすれば、秋成は軍の機密に触れる可能性のあることを一言たりとも洩らすわけにはいかない。それこそ今度はザヴィアに裏切り者と糾弾されることになる。秋成は進退に困り、唇を固く閉ざしたまま逡巡《しゅんじゅん》し続けた。

「ふん、言えないのか」

やはりな、とハミードが侮蔑した笑い声を上げた。秋成が実際の行動を隠すために、嘘を吐いていると見なしたようだ。

秋成は自分の立場がいかに窮しているのか、ひしひしと悟ってきた。

たとえここで、副官から軍司令本部の特命云々《うんぬん》の伝言を受け、午後七時に遺跡で待ち合わせていたと真実を打ち明けたところで、あまりにも突拍子がなさ過ぎる。秋成自身、なぜあんなところまでわざわざ出向く必要があるのかと訝《いぶか》っていたくらいだ。急場凌《しの》ぎに捏造《ねつぞう》した嘘だと思われても仕方ない。ハミードに信じてもらえる確率は果てしなく低かった。それればかりか、これから先に言うことまで疑ってかかられるようになるのがオチだろう。

「本当は、大尉は、我々ばかりかザヴィア側をも陥れるため、ひそかにマスウードと結託し、昨晩のテロを起こさせたのではないか？」

どうすれば無実だとわかってもらえるのかと頭を悩ませ、苦しんでいる秋成に、ハミードはさらに仰天するしかない疑いをかけてきた。

「あり得ません、そんなこと！」

思わず秋成は椅子から身を乗り出し、テーブルに両手を突いて腰を浮かしかけた。

「いくらなんでもあんまりです！　憶測でものを言うにもほどがある。なぜ私がそんなまねをしなければならないのですか」

「どうかな？」

対するハミードはあくまで余裕たっぷりだ。

皮肉に満ちた薄笑いを浮かべ、動揺した秋成をここぞとばかり本格的に責め立てる。

「少し調べさせてもらったのだが、大尉は生粋のザヴィア人ではなく、育ちも複雑なのだな。家柄はずば抜けていいが、そのぶん風当たりもきつく、あまり周囲の愛情に恵まれて育ったのではないようだ。唯一の血縁関係者にあたる祖父母にも、世間体を守るためだけに引き取られた挙げ句、実質放置されていて、かねてより内々で画策されていたとおり跡継ぎの座も遠縁の男に持っていかれた。上級士官学校を優秀な成績で出て、いきなり大尉として着任した近衛部隊でも、周囲とぎくしゃくしていてうまくいってない。大尉が何もかも嫌になり、ザヴィアに意趣返しの一つもしてやりたくなったとしても、俺は驚かない」

「違う。違います」

秋成はこれ以上勝手な推測を聞かされるのが苦痛で、激しくかぶりを振った。自分をそんなふうに捉《とら》えられているのかと思うと心外でならない。いい人ぶる気は毛頭ないが、そこまで狭量ではないつもりだ。

だが、秋成の願いとは逆に、ハミードはますます勢いづく。

「大尉は否定するが、こう考えればすべての辻褄《つじつま》が合う。夜中にこっそり抜け出してマスウードの連中と合流し、テロが実行されるのを見届ける。アジトに、入手ルートがすぐ割れるような武器をわざと置き去りにさせたのは、後々ザヴィアに疑いの目を向けさせるためだ。そして大尉は昨晩のうちに素知らぬ顔をして隊に戻り、本日正午、一行と一緒に帰国するはずだった。だが、ここで予想外の出来事が起きた。マスウードが大尉を完全には信用していなかったことだ。連中は疑り深い。万一大尉に騙《だま》されたときのことを考えて、保険のつもりで大尉を殴り倒し、足止めしたのだろう。いざとなれば大尉に責任を擦《なす》り付けられる。大尉が組織内の一部のテロリストを手なずけ、マスウードとは無関係にテロを起こさせたと言い抜けできるからな。おかげで大尉は帰国し損ねた。ザヴィアも行方《ゆくえ》がしれなくなっている大尉に気づいていながら、何も問題はないふりをして特別チャーター機を離陸させたのだから恐れ入る。テロが大尉の仕業ではないかと勘づいたのだろうな」

「言いがかりです、殿下！」

「なら、真実を大尉の口から告白してみろ」

「ですから、先ほどから説明しているとおり、私はコンジュの遺跡にいたのです。テロのあったディナルには足を踏み入れたこともない。爆発があったのも、遺跡の建つ丘の上から見たのです」

秋成は必死に訴えた。

ここまで濃い疑いをかけられているとわかった以上、特命のことも伏せておけず、いっさいの顛末《てんまつ》を話した。どのみち特命の内容は聞いていないので触れようもない。

しかし、何を言ってもハミードは納得しない。遺跡にいたことを証明できるのかと詰め寄り、秋成が答えられずに口籠《くちご》もると、見え透いた嘘はたくさんだと怒声を上げる。そうして次第に秋成に憤懣を募らせていったようだ。

「大尉も案外往生際の悪い男だな。俺は失望したぞ。こんな清く正しい軍人の鏡のごとく誠実そうな顔をしておきながら、根性はねじ曲がっているらしい」

「違います。なぜ、私の言うことをきちんと聞いてくださらないのですか。私は……」

繰り返し違うと否定し、事実を話して信じてくださいと頼み続けているうちに、秋成の弱い喉《のど》は嗄《か》れてきて、声も苦しげになってきた。

それでもハミードは頓着せず、嘘を吐くなとはねつけ、聞きたいのは真実だけだと秋成を容赦なく追及し続ける。

一時間もこの状態が続くと、秋成は精神的にも肉体的にも疲労困憊《こんぱい》して追いつめられてきた。だが、してもいないことをしたと認めるわけにはいかず、気だけはしっかり持って屈しない。

「強情な！」

ついにハミードは堪忍袋の緒を切らし、忌々しげに吐き捨てた。

「仮にもかつての友好国の軍人だと恩情をかけ、人道的な扱いをしてやったつもりだが、どうやらそれでは大尉には手ぬるかったようだな」

「殿下……っ」

秋成はハミードの言わんとするところを察し、全身から血の気が引く思いがした。

ハミードの目配せを受けた兵士二人が両脇《わき》に近づき、強い力で秋成を引き立たせる。

そのまま抵抗することもできずに壁際まで連れていかれ、より体格のいい方の男に後ろから羽交い締めにされた。

「少し懲らしめてやれ」

ゆっくりと椅子から立って、体の自由を奪われた状態で必死に身動《みじろ》ぐ秋成の傍に歩み寄ってきたハミードは、抑揚を欠いた声で無情に命じた。

「やめてください！　無駄です、殿下」

暴力的な制裁など受けたこともなければ、誰かがされているのを実際目にしたこともない秋成は、前に立つ兵士が腰につけたレザーケースから抜いて手に持った、伸縮性の警棒型のスタンガンを見るや、恐ろしさに身を震わせた。

秋成の恐怖を煽るように、兵士がスイッチを入れて先端にある電極から放電してみせる。

バリッという空気を裂くような音と共に青い火花が散り、それだけで秋成は全身に鋭い痛みが走った気がして、もう少しで声を上げそうになった。

こういうことには免疫がない。お飾りの、デスクワーク専任軍人と陰口を叩かれてきたのも、あながち否定できないと今にして思う。

「最初は服の上から優しくやってやれ、少尉」

「はっ」

ハミードが親切ごかして勿体《もったい》つける。

次の瞬間、肩に一瞬スタンガンを押しつけられ、秋成は初めて身に受ける衝撃に、恐怖に引きつった悲鳴を上げていた。

痛みよりも恐ろしさが先に立つ。

軍服越しにほんの一秒か二秒、言ってみれば低周波治療器の通電を受けた程度でしかなかったが、秋成はすでに全身に気持ちの悪い汗を掻いていた。

「すべて素直に吐く気になったら、すぐに放してやる。今のはほんのお遊びだ。次は、直接肌に受けて、威力のほどを試すか？」

ハミードに意地悪く聞かれ、秋成はゆるゆると首を振った。

「本当に、私は何も……」

言いかけた途端、今度は鎖骨の上辺りを狙って先ほどより若干長く放電を受けた。

全身を痺《しび》れと痛みが駆け抜け、ショックの強さに声も上げられない。

早くも膝を折ってしまいそうになったが、背後から秋成を抱き留めた兵士の腕でなんなく支えられ、前のめりになっていた上体を無理やり起こされる。

「どこまで大尉が強情を張りとおすのか、この際だ、見届けてやろう」

ハミードの残酷な言葉が秋成を絶望の淵《ふち》へと追い立てる。

三度目の放電を脇腹に受けたとき、秋成は仰《の》け反《ぞ》るようにして兵士の厚い胸板に後頭部を沈み込ませ、軽く失神していた。

※

一人だけ出国せずに行方知れずとなっていたザヴィア人を、小一時間前、軍が連行したという報告を受けたとき、イズディハールはわけもなく心が不穏にざわめくのを覚え、その者は誰か、と側近に尋ねていた。

そして、それが秋成だと知るやいなや居ても立ってもいられず、どうなさいましたと驚き慌てる側近を無視し、軍務統括本部に駆けつけたのだった。

スーツ姿で突然現れたイズディハールに、エントランスに居合わせた全員が息を呑んで驚き、その場で一斉に直立不動の姿勢をとり敬礼する。

たまたま受付担当兵に用事があって執務室から降りてきていた陸軍少将も、唐突すぎる来訪に虚を衝かれたらしく、動揺を隠せずにぎくしゃくした態度でイズディハールの前に進み出てきた。

「こ、皇太子殿下……！　いったい何事でございますか」

「ハミードはどこだ。こちらに来ているはずだ」

イズディハールは一刻も惜しみ、前置きも何もなく用件だけ言った。

「はっ、ただ今ご所在を確認いたしまして、お呼びし……」

「いや、いい。私が行く。どこだ。今すぐ案内しろ。すぐだ！」

気持ちが急《せ》くあまり、少将の言葉を遮り、怒鳴りつけてしまう。

日頃冷静沈着で、取り乱したところなど見せたことのないイズディハールの剣幕に、直接応対している少将だけでなく、その場にいる皆の間にも緊張が走ったようだ。

「失礼いたします、閣下。差し支えなければ、私が皇太子殿下をご案内申し上げます」

少将に代わり、ハミードがどこにいるのか知っているらしい軍曹がきびきびした態度で進み出てきた。

イズディハールは軍曹を先に立たせると、エレベータを待つ間も嫌い、非常時用の階段を教えるよう指示して地階に駆け下りた。

国を思う気持ちが人一倍強い上、あろうことか一般市民にまで負傷者が出た事態に、ハミードは激しく憤っている。普段は情け深くて心根の優しい男だが、今度のような卑劣な仕打ちには、容赦することなく徹底的に対処すると決意を強く固めていた。ともすれば、テロに関わった疑いをかけられた秋成に無体な尋問も辞さないかもしれない。その現実味の濃い不安が、イズディハールを衝き動かす。

だめだ、絶対に秋成をそんな目に遭わせられない。

イズディハールは秋成を無条件に信じていた。もし本当に秋成が関わっているのだとしても、それにはやむにやまれぬ事情があったはずだ。決して秋成は暴力で何かを成そうなどと考える男ではない。真っ直ぐで潔い剣の使い方を見せてもらったイズディハールには、具体的な理由こそ示せないものの確信できる。シャティーラで孤立無援となっている秋成を守りたい一心だった。

「こちらです」

建物の端に位置するドアの前で軍曹が立ち止まり、脇に避けて敬礼する。

そのとき、閉ざされたドア越しに、水を床にぶちまける音が聞こえ、イズディハールはハッとして、ノックもなしに勢いよく中に踏み込んだ。

「ハミード、何をしているっ！」

「兄上！」

いきなり部屋に飛び込んできたイズディハールに、ハミードが驚いて振り返る。

イズディハールは床に倒れ伏した秋成の姿を見るや、血の気が引くほど胸が痛くなり、ハミードの傍らをすり抜けて秋成の元に駆け寄った。

上着を脱がされ、頭から背中にかけてバケツの水を浴びせられてぐったりとした秋成を、屈み込んで抱き起こす。

「……ん……っ」

「秋成、大丈夫か」

濡《ぬ》れてべったりと顔に張り付く髪を払いのけ、軽く頬を叩いて正気づかせる。

ただでさえ白い肌は青ざめ、瞼《まぶた》を重たげにゆっくりと開いて表れた金茶色の瞳は充血して赤くなっていた。水を含んで透けたシャツの胸元ははだけており、ボタンを引きちぎられた跡がある。

傍らにいる兵士が持つ空のバケツ、そして、もう一人の兵士が手にした警棒状の高圧電流を放つ武器を見れば、何があったかおおよそ見当がつく。

「ハミード」

イズディハールはまだ意識を半ば朦朧《もうろう》とさせている秋成を腕に凭《もた》れさせたまま、ハミードを険しい目つきで睨み上げた。

「今はこんな野蛮な取り調べは禁止されているはずだ。そうだろう！」

「ええ、そうです。建前としては」

ハミードは珍しくイズディハールに反発し、冷ややかな口調で臆さず返してきた。今回の件に秋成が関与していると疑いもしていない強気の姿勢だ。

「なにが建前だ。いくらおまえでもそんな勝手な言い分は許さないぞ」

感情が高ぶりすぎたあまりか、声が微かにぶれる。

それを聞いたハミードは、イズディハールの本気の怒りを感じ取ったらしい。目を眇め、イズディハールの真意を探ろうとするかのごとく、鋭い洞察力を持つまなざしを向けてきた。

「殿下。いったいどうなされました？　何かそのローウェル大尉に含みでもあるのですか？」

「べつに含みなどない」

イズディハールは口では否定しながらも、心の片隅で図星を指されたような決まり悪さを感じていた。

「私は大尉をおまえよりいくらかよく知っている。一昨日のパーティーでしばらく一緒だったのだ。少々話をして、剣術が得意とあらかじめ聞いていたから、手合わせしたくて付き合ってもらった。結果、見事に私は負かされたぞ。だが、大尉はまるで驕《おご》ることなく、それは私が優しかったからだと言った。大尉は、決して自国を裏切ったり、友好国を騙して他人を傷つける行為に加担するような男ではない。今は私の体感でしかないが、間違っていない自信がある」

ハミードに視線を据えて思ったままを真摯《しんし》に語っている最中、腕に抱いた細い体が小さく身動ぐのを感じた。秋成の意識にもイズディハールの言葉が届き、戸惑い恐縮したようだ。ハミードに言っておきたかったことを口にし終え、秋成の顔を見下ろすと、秋成はすでにしっかりと目を開いており、感謝に満ちた表情をしていた。何を言っても信じてもらえず、恐ろしさと身に受ける痛みで心底怯《おび》え、心細い思いをしていたところに、やっと少しは話を聞いてくれそうな見知った人間が現れて、安堵した様子だ。

イズディハールは秋成の味わわされた苦痛と孤独感、恐慌を来《きた》しても不思議はないほどの不安を想像すると、絶対にこの腕を緩められないと思った。

「お気持ちはなんとなく察しますが、殿下はお甘い」

イズディハールの弁にも特に心を動かされたふうではなく、ハミードは冷ややかな態度を変えない。秋成の処遇について譲るつもりはさらさらなさそうだ。

「いつまでもそうしておられては、スーツが濡れて台無しになってしまいます。大尉を離して、どうかお立ちくださいませ」

「服などどうでもいい」

イズディハールは秋成を抱く腕にいっそう力を込め、情けをかけようとしないハミードに苛立ちを露にした。

「とにかく、兵士たちを下がらせろ」

「それは、皇太子殿下としての正式なご命令ですか？」

「むろんそのとおりだ」

ハミードはフッと仕方なさそうに冷笑すると、二人を取調室から出て行かせた。

パタンとドアが閉まり、さして広くもない部屋に三人だけになる。

「兄上。何を血迷われているのです？」

深々と呆れたような溜息をつき、ハミードは弟として、あらためてイズディハールと対してきた。

イズディハールはハミードを無視して答えず、秋成に「大丈夫か」と聞いた。

「……はい」

秋成がいささか頼りなく、掠れた声で答える。

どれくらい責められたのかはわからないが、まだ体が痺れてうまく筋肉が動かせないようだ。

手首に残る擦過傷が痛々しい。しかしこの傷はすでに乾いているため、今この場でつけられたものではないとわかる。

「これはどうしたのだ。縛られていた痕《あと》だな？」

「その傷は昨晩、コンジュの遺跡で何者かに襲われ、拉致《らち》されたときについたものだそうですよ、兄上」

うまく喋れずにいる秋成に代わって、ハミードが皮肉たっぷりに答える。

「大尉の言葉を鵜呑《うの》みにするならば、ですが」

「ハミード。いい加減にしろ」

イズディハールは不愉快さに顔を顰めてハミードを牽制《けんせい》し、秋成を支えてゆっくりと立ち上がらせた。

何かに凭れていなければ立っていることも困難になっている秋成の腰に腕を回し、肩を貸してほとんど抱くようにして椅子に連れていく。

「すみま、せん……」

秋成は申し訳なさそうに礼を言い、充血して潤みを帯びた目で、じっとイズディハールを見つめてきた。

胸が、どうしようもなく騒ぐ。

イズディハールは今まで感じたことのない気持ちの昂《たか》ぶりに、自分でも対処のしようがなくて当惑気味だった。秋成の存在そのものがイズディハールを惹きつけてやまない。

テーブルを挟んだ向かい側で、ハミードがわざとらしい溜息をつき、肩を竦めてみせる。イズディハールの心境を、理解に苦しむと示している。

ここはどうしても軍務の最高責任者であるハミードと話をつける必要があり、イズディハールは感情を理性で抑え、あらためてハミードと向き合った。

「ハミード、大尉の発言の裏は取ったのか?」

「いいえ」

なぜそんな無駄なことをする必要があるのですか、とハミードは目つきで逆に問い返す。秋成の言うことを頭から疑ってかかった態度に、イズディハールは「らしくないぞ」とできるだけ穏便に諭した。

「大尉が昨夜コンジュにいたのを裏付ける証拠がないかどうか、徹底して探させろ。忙しくて軍は動かせないと言うのなら、警察に依頼して捜索させればすむ。軍も警察も、治安維持に関する最終的な権限は、すべておまえが預かっているはずだ」

「しかしですね、兄上。あそこは夜間は人気が絶える。大尉を見た者など出てくるはずがない。徒労に終わるのは明らかです」

「いいから調べろ。それまでは大尉に指一本触れさせないぞ」

互いに一歩も譲らず対峙し合う二人を、秋成は緊張し、固唾《かたず》を呑んで見ている。イズディハールに感謝しながらも、自分のせいで立場を悪くするのではないかと慮っているようだ。心配げな表情から察される。人のことなど気遣っている段ではないだろうに、とイズディハールは秋成の優しさがせつなくてたまらない。

緊迫した睨み合いの末、折れたのはハミードだった。

「いいでしょう。殿下がそこまでおっしゃるのなら、将来殿下に忠誠を誓う身として、聞かぬ訳には参りません」

「恩に着る」

イズディハールは率直に礼を言った。

秋成も張り詰めさせていた気を緩めたのがわかった。ギリギリまで追いつめられていた精神の糸が安堵と同時にフッツリと切れたのか、椅子に座ったままぐらりと身を傾《かし》がせる。

「秋成！」

崩れ落ちかけた細い体を、すかさずイズディハールは抱き留めた。

体が熱を帯びてきている。額に触れると熱かった。冷たい水を浴びせられたのと、精神的な疲労が原因だろう。一刻も早く医者に診せ、心と体に受けた痛手を回復させてやりたかった。

「やれやれ、また気を失ったか。これで三度目だ。ザヴィアの近衛というのは、つくづく様式美のためだけに存在するお飾り集団だな」

「そうではない。これはおまえが酷い仕打ちをしたせいだ」

「は！　あれしきのこと。これでも俺は十分手加減してやったつもりですよ」

ハミードは悪かったと反省する気はさらさらなさそうだ。

このままにはしておけないという気持ちが強まり、イズディハールは決意した。

「秋成は俺が預かる」

「ご冗談を。いや、たとえ冗談でも、そのような無茶はおっしゃらないでいただきたい」

よもやイズディハールがそこまで言うとは思わなかったらしく、ハミードは耳を疑うように眉を顰め、渋面を作る。

「いかに兄上が皇太子殿下であらせられても、疑いの晴れない捕虜を個人的に手元に置くなど、許されるはずがないでしょう。万一大尉が無実ではなく有罪だと証明されたなら、兄上は国民に対する重大な背信行為を犯したことになりますよ」

「ああ、もちろんそれは承知の上だ。だが、何度も言うように、俺は秋成を信じている」

「信じている？　恋に目が眩《くら》んでいる、の間違いではないのですか？」

ハミードにずばりと指摘され、イズディハールは咄嗟《とっさ》に反論できなかった。

「……まさか」

一呼吸置いて喉から絞るようにして出せたのは、その一言だけだ。頭の中は激しく混乱している。

確かに尋常でない関心を秋成に寄せていることは否定しない。しかし、この気持ちを恋だとまでは意識してはいなかった。第一、秋成は男のはずだ。これまで好きな女性の一人もいなかったのに、いきなり同性に恋をしているなど、簡単に認められるはずがない。

動揺を隠せないイズディハールに、ハミードはやはりと納得した顔をする。

「めったにお目にかかれない美貌がお堅い兄上の心をも揺さぶりましたか。まぁ無理もありません。大尉の並はずれた綺麗さと、なんとも言い難い色香には、俺も惑わされそうだ。悲鳴さえ玲瓏《れいろう》としていて、ちょっと怪しい気持ちになりかけましたよ」

「違う。ハミード、俺をからかうな。人が悪いにもほどがあるぞ」

イズディハール自身、本心がどこにあるのか定かでなく、迷いながらも意地を張って否定した。

ハミードにはそんなイズディハールの態度が照れ隠しにしか思えないのか、往生際の悪さをからかうように薄く笑う。

「そうですか。でしたら、大尉のことは放っておかれるがよいでしょう。身の破滅と引き替えに情けをかけるには、兄上のお気持ちはあまりにも中途半端すぎる。弟として、大切な兄上がそのように道を踏み外されかけるのを黙って見ているわけにはいきません」

イズディハールはぐっと奥歯を嚙み締めた。

分が悪い。弟にいいように翻弄《ほんろう》されて腹立たしいが、ここで折れなければ一生後悔する気がする。ならもういいと秋成を見捨てられはしなかった。

「俺が秋成を己のものにしたいから預かりたいと言えば、おまえは委《ゆだ》ねてくれるのか？」

「まだ俺も兄上に協力して差しあげる気になります」

澄ました顔でしゃあしゃあとハミードは答えた。

「わかった」

イズディハールはふうっと深い息をつき、本当はまんざら違うとも言い切れない秋成への気持ちに素直になった。

「いいでしょう。兄上がそこまでおっしゃるのなら、俺の権限と責任において、大尉を兄上にお預けいたします」

ハミードはいったんそこで言葉を切り、ただし、とこれだけは譲らない目つきになって続ける。

「今この場で大尉の体を調べさせていただきます。捕虜を軍の拘置所に入れるとき普通に行っていることで、何も特別な辱《はずかし》めではありません」

「……ああ。疑いは少しでも晴らしてやった方が秋成のためにもいいだろう」

内心はさせたくなかったが、イズディハールにもそこまで我を通すことはできず、渋々ながらも頷いた。

「それから、軍で拘束せずに兄上の元での自由を認める代わり、大尉の体に発信器を付けさせていただきます」

発信器と聞いてイズディハールは不快さにまた眉根を寄せた。

「それは必要ない」

「いいえ、必要です」

ハミードの返事はきっぱりしていた。懐柔する余地は皆無だ。だめならば交渉は決裂だと、はっきり顔に書いてある。

「最新式の、見た目も綺麗なものがありますよ。大尉にはそれがふさわしいでしょう。今、軍医を呼びます」

「待て……！」

「兄上」

　この期に及んで、とハミードが苦笑し、幾分うんざりした表情になる。イズディハールの秋成に対する思い入れの強さに呆れたらしい。イズディハールにしても、なぜこうも秋成を特別扱いして守ろうとするのか、そうせずにいられないのか、自分の熱くなりように驚いている。

「俺が診る。俺に医学の心得があることは、おまえも承知しているはずだ」

「わかりました。それでは、器具だけ持ってこさせます」

　一度言い出したら聞かないのはイズディハールもハミードも同じだ。一卵性の双子だから、相手の気質はお互い嫌になるほど理解できている。

　ハミードが廊下に待機していた軍曹を呼び用を言いつけている間に、イズディハールは気を失ったままの秋成を椅子から抱き上げ、テーブルの上に慎重に下ろした。手足を曲げて背中を丸めた胎児の格好で横向きに寝かせる。

　意識のないうちにすべて終わらせてやるのがせめてもの情けだ。

　まだ湿ったままの上衣には手を触れず、腰のベルトを外して軍服のズボンを下着ごと太股《ふともも》の中程まで脱がせる。

　目に毒なほど白くて形の整った尻《しり》が剝き出しになり、イズディハールは躊躇った。事務的な手つきで処置することができない。触れると、胸の底から愛情が泉のように噴き出してきそうな気がした。

ドアの外で銀色の医療用トレイに並べた器具類を受け取ったハミードが、カチャカチャと金属が触れ合う音をさせながらイズディハールの横に歩み寄る。

どうぞ、と薄いゴムの手袋を渡され、イズディハールは努めて平静なふりをして両手に嵌《は》めた。

「ふん。どうせもういろいろと経験済みでしょう。中等教育の頃からずっと男ばかりの寄宿舎にいたのですからね」

「静かにしないか」

うるさくして秋成を起こすのが忍びなく、イズディハールは低くした声でハミードを叱《しか》った。

ほっそりした腰を僅かばかり捻《ひね》らせ、尻の合わせを開く。

秋成の体の特殊さに気づいたのはそのときだった。

「これは……」

実際には初めて見る珍しい造形に、イズディハールばかりか隣で手元を注視していたハミードまで絶句していた。

陰茎と陰嚢《いんのう》を持つ男性体でありながら、その下に、本来ないはずの切れ込みが窺える。

「半陰陽だったのか、大尉は」

どうりで、とハミードが呟いた。

イズディハールもどこか合点のいく思いがした。

秋成の全身に纏い付く孤独感は、この秘密を曝かれ、忌み嫌われるのを恐れ続けてきた故《ゆえ》だとすると、ひどく納得がいく。

「兄上がお惹かれになったのが、ますます無理なく感じられてきましたよ」

ハミードの言葉に、イズディハールは、それは違うと強い違和感を覚えていた。秋成の中に女性らしさを意識し、そこに特別な感情を抱いた記憶はまったくない。むしろ、イズディハールは秋成を男だとした上で、どうしようもなく魅せられたのだ。

「とにかく、済ませてしまいましょう。二箇所です」

ハミードが淡々と促す。声音は先ほどまでより若干柔らかく、情を含んだものになっていた。

「それから、これを」

これ、とトレイの上に用意されたものをイズディハールは流し見た。

模造ルビーをあしらった小さなリング状のピアスだ。ニードルなどの道具も揃《そろ》えてある。

「本気なのか。無実かもしれない秋成の体に傷を付けるなど、やはり道理に反しているぞ」

「この話はすでにカタがついているはずです。どうしてもお嫌なら、大尉は規定通り拘置所に閉じこめて、我々の手で厳しく尋問を続けます」

「よせ！　もうそれは言うな。……で、こんなものを、どこに付けさせるつもりだ」

せっかくなので心臓の上がいいでしょう、とハミードは最初からそのつもりでいたような迷いのなさで決める。イズディハールが何を言ったところで翻意しそうな気配はなかった。秋成の複雑な事情にある程度同情は感じても、マスウードとの関係を疑っているのは変わらないらしい。

秋成の青ざめた横顔を注意深く見遣りつつ、まず後ろにある窄《すぼ》んだ秘部にキシロカインゼリーを施し、精一杯の労《いたわ》りを込めて検査のための器具を挿入する。

ぴくっと瞼を縁取る長い睫毛《まつげ》が震える。

イズディハールは苦渋に満ちた気持ちで秋成の体を調べた後、ハミードが容赦ないまなざしを据えて抜かりなく見守る中、胸にも処置を施した。

Ⅲ

秋成《あきなり》が意識を取り戻したのは、天蓋《てんがい》に覆われた立派な寝台の上でだった。

すぐには自分がどんな状況にいるのかわからず、寝ている間に悪い夢でも見ていたのかと訝《いぶか》りそうになったが、首を回した途端、傍らに置かれた椅子《いす》に腰かけたイズディハールの端整な顔が目に入り、あぁそうだった、と昨夜から己の身に降りかかってきた数々の出来事を思い出す。

「……殿下」

「気がついたか。具合は？」

秋成は枕から頭を浮かして上体を起こしかけたが、イズディハールにやんわりと肩を押し戻され、シルクのシーツに再び横たわった。

動くたびに、体のあちこちに違和感と疼痛《とうつう》を覚え、微《かす》かに眉を寄せる。

視線をやって確かめると、身に着けさせられているのはなめらかな肌触りの絹地の寝間着だった。たっぷりとした袖や、立ち襟、胸元の繊細なピンタックなどから、ともすれば女物ではないかという印象を受ける。体のどこも締めつけられる感じがしないので、ワンピース状であることも察せられた。それと併せて、秋成は秘めやかな部分に何かを入れてこじ開けられたような鈍い痛みを覚えたため、肉体の秘密を知られてしまったのだと悟った。

そしてさらに左胸には、熱を持った傷口が脈に合わせてズキズキする痛みがある。寝間着の上からそっと触れてみると、乳首に何かが穿《うが》たれているのだと知れた。

「すべて俺の手で行った。恨んでくれていい」

イズディハールは潔く秋成に頭を垂れて言ってから、顔を上げて真摯《しんし》なまなざしを向けてきた。

秋成はイズディハールを真っ直ぐ見つめ返し、静かに首を振った。

「軍に連行されて尋問を受けているときから、いずれ知られると覚悟していました」

「さぞや怖かっただろう。きみは秘密を曝《あば》かれたくなくて、ずっと周囲を気にし、恐れながら生きてきたのではないのか。それなのに少しもきみの力になってやれず、俺は自分の不甲斐《ふがい》なさを腹立たしく感じている」

「いいえ、そんなことは。殿下は十分すぎるほど私のために戦ってくださいました。私はむしろ、ご自分のお立場を危うくされてまで、ここまで厚遇していただいたこと、深く感謝しています」

秋成はイズディハールの過ぎた言葉に恐縮し、偽りのない気持ちを伝えた。

苦悩の色合いが濃くなっていたイズディハールの表情が、いくらか緩む。もしかするとイズディハールは目覚めた秋成に一番に謝りたくて、こうして傍《そば》についていてくれたのかもしれない。そうだとすれば、あまりにも勿体《もったい》ない話だ。体の辛《つら》さも吹き飛び、胸がいっぱいになる。

「少し遅くはなったが、こうしてきみを俺の屋敷に連れてくることができて安堵《あんど》している」

「本当に、どうもありがとうございます」

「礼を言うのは俺の方だ。秋成、俺は不謹慎ながら一つだけ喜んでいることがある」

先ほどよりぐっと余裕を窺《うかが》わせた口調でイズディハールが言う。秋成はなんのことだか思いつかず、微かに首を傾《かし》げて問うようなまなざしを向けた。

「きみとの縁がこうしてまた繋《つな》がったことだ」

さすがにイズディハールも思わせぶりにしすぎて少し照れくさかったのか、一度ゆっくりと瞼《まぶた》を伏せ、それからまた秋成の反応を確かめるように視線を上げた。

こんなふうにされると、イズディハールの言葉に特別な意味が籠《こ》められているようで、秋成もどぎまぎする。

「……では、また剣のお手合わせをしていただけますか？」

秋成が本気半分で冗談めかすと、イズディハールはまんざらでもなさそうな顔をして、「ああ」と返す。

「今度は負けないから覚悟しておけ」

「はい」

このやりとりのおかげで、初めて顔を合わせたときと同じに屈託のない会話が交わせるくらい、雰囲気が和んできた。

秋成の気持ちも次第に解《ほぐ》れ、自然と笑顔を浮かべられるようになる。

イズディハールは秋成の明るい表情を見て安心したらしい。

「額に触ってもいいか?」

わざわざ断りを入れてから、ディシュダシュの長い袖をたくし上げ、手首まで出した手のひらを秋成の額に被《かぶ》せてきた。

心地よい冷え感に、秋成はホッと息をつく。まだ熱があるのだろう。

ひとたび秋成に触れるとイズディハールも遠慮する気が失せたらしく、髪や頬《ほお》、顎《あご》の下にまで指や手のひら、甲を当ててくる。手入れの行き届いた長い指が肌を辿《たど》るたび、秋成は胸を苦しいほどに弾《はず》ませた。

「もう心配ない。きみは俺が守る。いずれハミードたちがきみの無実の証拠を摑《つか》んでくるだろう。それまで、多少不自由をかけるとは思うが、ここにいろ」

果たしてそう簡単に無実の証明がなされるものか、秋成は懐疑的だった。しかし、表面上は心配していないかのように振る舞う。

たとえ無実が明らかになったとしても、秋成の居場所はすでにどこにもなくなっているに違いない。確信的な予感がしていたが、そんな先々の心許《こころもと》なさもいっさい顔には出さなかった。

優しい指遣いからイズディハールの温情がまざまざと伝わってくる。これ以上を望んだり期待したりするのは厚かましすぎた。

「殿下は、なぜ私にここまでしてくださるのですか……?」

「きみが気になるからだ。一昨日の夜からこっち、俺はふとした拍子にきみのことばかり考えている。おそらく……きみが女だったなら、事はもう少し単純明快だったのかもしれない」

イズディハールは迷うことなく率直に答える。冗談が入り込む隙《すき》など微塵《みじん》も窺えない。自分も自分の気持ちをごまかすつもりはないようだ。秋成はイズディハールの気持ちを正面から受けとめ、誠実に返さなければと思った。

「私は、殿下もご承知のとおりの体ですが、物心ついた頃からずっと男として生きてきました。今後もたぶん男としてしか生きられません」

「そうか。むろん、そうだろう」

秋成の返事に、イズディハールは残念そうにしながらも、理解を示してくれた。

しかし、いったん言い切っておきながら、秋成の気持ちはイズディハールの顔を見て反対にぐらつきだしてしまった。

今さら女になるのは無理だ。これまでの自分自身があやふやになり、足場が崩れて立っていられなくなるに違いない。だが、正直に白状すると、秋成はイズディハールと会ってから、もし自分が女だったならと想像したことがあった。これまでは決して考えなかったことだ。むしろ女性としての属性を疎ましく思い、誰にも知られぬうちに処置してしまいたい、しなくては、だがどうすればそれができるのかと、苦悩し続けてきたはずだった。今さら何を、と呆《あき》れる。人間の心は不確かなものだと痛感させられた気分だ。

秋成に向けられたイズディハールの瞳は、普段皇太子として遠目に見るときのものとは違い、熱が籠《こ》もっている。

戸惑いはしたが、嫌だとか迷惑だとかは微塵も思わない。イズディハールの気持ちが光栄すぎて、かえって申し訳ない気持ちでいっぱいになる。応《こた》える術《すべ》があるなら喜んでしたいが、秋成にはどうすればいいのか考えつかなかった。

見つめ合ううちに、秋成の案じていることがイズディハールにも察せられたようだ。

「きみは何も無理する必要はない」

「ですが、殿下」

「俺は見返りが欲しくてきみの身柄を引き受けたわけではないぞ。勘違いされては迷惑だ。俺はただ、きみにしばらく傍にいてもらいたかっただけだ。疑いが晴れて自由の身になったときには、俺に気兼ねすることなく好きな場所に行け。もちろん帰国のための便宜も図ろう」

「……はい」

秋成は取りあえず素直に頷《うなず》いた。本当はもっと気の利いた返事がしたかったのだが、うまく言葉にならず、諦《あきら》めた。もともと口下手だ。きっとイズディハールもすでに承知済みに違いない。

イズディハールはフッと目元を柔らかくし、話を変えた。

「実は今はもう真夜中だ。気絶したままずっと目を覚まさないから心配でついていた。胸にピアスを刺したとき、痛みで一瞬気を取り戻したようだったが、すぐまた失神してしまった。よほど神経が参って、耐えきれなくなっていたのだろう。覚えているか？」

「いいえ。まるで」

「朝まで起きないかとも思っていた」

それでもべつに構わなかった、というニュアンスが含まれている。一晩中でも見守っているつもりだったようだ。イズディハールの情の深さが心に響く。

「今日一日ほとんど何も口にしていないのではないか。消化によいものを運んでこさせるから、食べてからもう一眠りするがいい」

真夜中にもかかわらず、イズディハールが昔ながらに枕元の呼び鈴を鳴らすと、隣室に常に控えているらしい女官が恭《うやうや》しく現れた。民族衣装を纏《まと》っているが、ヒジャブなどの髪や顔を覆う類《たぐい》のものは身に着けていない。

イズディハールは女官を秋成に紹介した。

「ズフラだ。ここにいる間、きみの世話は主に彼女がする。足りない物や困ったことがあればズフラに頼むがいい」

「はい。よろしくお願いします」

馴染《なじ》みの薄いシャティーラでの日常には、秋成の知らないことやわからないことが多々あるかもしれない。皇太子として多忙なイズディハールをいちいち煩わせるのは忍びないため、ズフラの存在はありがたかった。

ズフラは褐色の肌をした、顔立ちのはっきりとした美女だ。聡明さと気の強さが黒い瞳に窺える。

ふと秋成は、彼女とどこかで会ったことがある気がしたが、しばらく考えてみても結局思い出せなかった。単なる勘違いだったかもしれない。どの女性も外に出ているときには常にヒジャブを被っているため判別が付けにくい。

イズディハールにスープを持ってくるよう言いつけられたズフラは、畏《かしこ》まって出て行った。

食事を取るなら横になっているわけにもいかない。秋成はイズディハールの介助を受け、背中に大きなクッションをあてがってヘッドボードに凭《もた》れて起き上がった。

体を動かした際に金属が寝間着に触れ、傷ついた乳首がひどく痛んだ。秋成は思わず眉を寄せ、小さく呻《うめ》いた。

「大丈夫か。傷を診させてくれ」

「いえ、すみません、平気ですので」

「いいから診せろ」

二度目は断固とした調子で促され、秋成は逆らいきれずに寝間着のボタンを外し、左肩を抜いて胸元を大きくはだけさせた。

金製のビーズリングが乳首を貫き留まっている。ビーズの部分はルビーを模した赤い球だ。異物を穿たれた乳首は腫《は》れていた。見ただけで痛みを感じてしまう。イズディハールにちょっとピアスを触られただけで、飛び上がって声を上げそうになるくらい辛かったが、矜持《きょうじ》からぐっと堪えた。

「着替えさせたとき抗生剤入りの軟膏《なんこう》を塗っておいたので、じきに腫れは引くと思うが、あまり痛むようなら鎮痛剤を飲むか？」

「いいえ。大丈夫です」

「やせ我慢、してないだろうな？」

窘《たしな》めるように軽く睨《にら》まれ、秋成は困って俯《うつむ》いた。

「取りあえず何か胃に入れなくては薬も飲ませられない」

イズディハールがそう言ったのを合図にしたように、ズフラがワゴンを押して入ってきた。

秋成は一人で食べられますと遠慮したが、イズディハールは「今夜だけは」と、至れり尽くせりに世話を焼く。スプーンに掬《すく》ったレンチ豆のスープを口元まで運ばれ、秋成はただ食べるだけでよかった。豆の他に米も入った腹に溜《た》まるスープだ。美味《おい》しさに照れくささも薄れる。ズフラが部屋の隅に立ったまま控えているのも、じきに気にならなくなった。

スープを一皿分食べ終えると、イズディハールは秋成に錠剤とグラスに入った水を渡してくれた。

秋成はおとなしく薬を飲み、水の残ったグラスをイズディハールに返す。

薬を飲む間、秋成をじっと見つめていたイズディハールは、どこか思い詰めたような目をしてグラスを受け取った。

「いろいろと本当にありがとうございます」

「俺はたいしたことはしていない」

椅子から立ったイズディハールに再びベッドに横になるよう言われ、秋成は素直に従った。

軽い羽毛の布団を秋成の肩まで引き上げたイズディハールは、秋成に顔を近づけ、囁《ささや》くような声で言った。

「目を、閉じろ」

秋成は瞼を閉じた。

次の瞬間、唇に柔らかな感触があり、秋成は半ば予期していたとはいえ、初めての経験にびくっと全身をおののかせた。

就寝の挨拶《あいさつ》というにはいささか熱の籠もりすぎた口づけを受ける。

口唇をただ触れ合わせるだけでは飽きたらないとばかりに、啄《ついば》まれ、舌先でなぞられる。

それだけでも秋成はどうすればいいのかわからず、されるままになっていたのだが、唇の隙《すき》

間《ま》をこじ開けられ、口の中に舌が滑り込んできたときには、狼狽《うろた》えるあまり目を開け、呻くような声を洩らしてしまった。

「怖がるな。こんなキスは初めてなのか」

いったん口を離したイズディハールが宥《なだ》めるように言う。

秋成はうっすら潤んだ瞳で、間近に迫ったイズディハールの整った顔を見返す。キスそのものが初めてだ。言葉にする前にイズディハールは秋成の表情からそれを読み取ったらしい。嬉《うれ》しさを通り越して感動したような吐息をつく。

「もう少しだけしてもいいか」

「……はい……」

イズディハールの唇が優しく下りてくる。

頰に添えた手で肌を撫《な》でられつつ、口唇に熱心な接合を繰り返され、秋成は次第に頭の芯《しん》が心地よく麻痺《まひ》してくるのを感じた。

差し入れられた舌で口の中をまさぐられ、湧《わ》いてきた唾液《だえき》を搔《か》き混ぜられる。

淫《みだ》らな水音が辺りに響く。

「あ……あの、……殿下……」

女官が室内にいることを思い出した秋成は、こんなことをしていては変だと思われるに違いないと慌て、途切れ途切れに声を出し、イズディハールを押しのけようと身動《みじろ》いだ。シャティーラでは同性愛は宗教的な倫理観から禁忌とされているはずだ。皇太子自らがそれを破ったと見なされれば、国民の信頼をなくすのではないかと気が気でなかった。

だが、イズディハールは秋成が何を訴えたがっているのか承知しておきながら、大胆にも意に介そうとしない。

「気にするな」

口をきくのももどかしげに短く言って、秋成の舌を搦《から》め捕り、強く吸う。

「んんっ……！」

零《こぼ》れた唾液がつうっと口角から流れ落ちていく。

他人と体の一部を混ぜ合う行為の淫靡《いんび》さに、秋成は酔わされた。

口の中にある敏感なところを舐《な》めたり擽《くすぐ》ったりされるたび、ぞくりとする快感が生じ、悦楽に身が震える。

そのうち秋成は、下腹に息づくものが硬度を増し始め、鈍痛さえ微かに感じてきて狼狽えた。

ピアスを通された左だけでなく、右胸の粒も凝って尖《とが》ってきている。

「……う」

秋成を最も当惑させたのは、深い接合を繰り返されるうちに、男性器の下にある切れ込みの内側が潤む感触を覚えたときだ。

「あっ、……あ」

めったにないこの状態は以前にも一度だけ経験していた。

それこそ、パーティー会場を抜け出してイズディハールと四阿《あずまや》に二人でいた際のことだ。あのときはどうしてこんなふうになるかわからず、ただ体がおかしいと感じただけだった。しかし、今は秋成にも、これの意味するところが朧気《おぼろげ》ながらに自覚されていた。

このままではいけない。

秋成はキスの心地よさに酩酊《めいてい》している場合ではないと気を取り直し、本気でイズディハールの肩を押し戻した。

「いやだ、……いやです。もう、これ以上は」

「秋成」

さすがに夢中になりすぎたと反省したのか、イズディハールは名残惜《なごり》しげにしながらも、決して無理強いすることなく秋成の上から身を起こした。

「悪かった」

「すみません」

二人は同時に謝り、言葉をだぶらせてしまったことに、あっという感じで顔を見合わせた。

イズディハールの瞳は真摯で一抹《いちまつ》の迷いも含んでいない。

秋成はイズディハールの深い気持ちをひしひし感じ、引き込まれそうになった。受け入れられるものなら受け入れたいと、欲を出してしまいそうになる。

「おやすみのキスにしては激しくしすぎたな。許せ」

イズディハールは自嘲《じちょう》気味に苦笑し、秋成の額にそっと手のひらを載せる。

こんな場合なんと返せばいいのか思いつけず、秋成は睫毛《まつげ》を瞬かせただけだった。自分からイズディハールを押しのけておいて、実はもっとして欲しかったがいろいろ考えて怖くなり拒絶した、などとは言えなかった。謝罪するだけで精一杯だ。

イズディハールは気を悪くした様子もなく枕元からすくっと立ち上がると、今度こそ秋成におやすみを言って天蓋を出た。

「ズフラ、きみももう下がってよい」

「畏まりました」

短い会話の後、絹地の裾を捌きながら大股に室内を横切っていく足音が聞こえた。

静かだが重みのある音をさせ、扉が開け閉めされる。

ズフラも退出し、広い室内に秋成だけ残された。

一人になれてホッとしたような、寂しくなったような、どちらともつかぬ心地がする。

先のことを考えると不安が押し寄せ、じっとしていられなくなりそうだ。秋成は、なるようにしかならないと自分を鼓舞し、気をしっかり持つ努力をした。

少なくとも一人は秋成を守ろうとしてくれている人がいる。とても心強い味方だ。秋成にとってはこの上ない希望であり救いだった。

イズディハールと交わした濃密なキスを反芻《はんすう》すると、たちまち胸の鼓動が速くなる。粘膜が接合する感触までリアルに思い出し、秋成は羞恥《しゅうち》で頭がいっぱいになった。普段は決して出さない色めいた声を洩《も》らし、狼狽えたところを見せ、しまいにはイズディハールを突き退けてしまった。ずいぶん無礼なことをしたものだ。今さらながら青ざめる。

キスがあれほど気持ちのいいものとは想像もしなかった。たぶん、秋成は一生誰ともそんな関係になることなく終わるのだと思っていたのだ。

イズディハールは秋成の知らない世界をたくさん知っている。

異国に一人置き去りにされて捕虜《ほりょ》の扱いを受けるという事態にあって、イズディハールと関われたことだけは幸運だった。

とにもかくにも、無実が証明されて無事嫌疑が晴れてくれればそれでいい。その後の身の振り方については、それからゆっくり考えるしかないだろう。

ベッドの心地よさにだんだん瞼が重くなってくる。

秋成はいつの間にかまた眠りに落ちていた。

＊

私邸に連れてきた翌日には熱も引き、秋成は起きて普通に過ごすようになった。

普通、と言っても、ザヴィアで暮らしていたときとは生活様式も違えば、自由に外出することもままならないため、ストレスを感じる部分も多々あるだろう。

イズディハールはなるべく秋成を一人にしないよう心がけていた。王宮に出かける必要がない日は、秋成と庭を散歩したり、食事をしたり、ボードゲームをしたりする。

ボードゲームは主にバックギャモンだ。秋成はチェスや将棋、カードゲームなどはするものの、バックギャモンは初めてだったそうで、イズディハールは教える楽しさも味わえた。呑《の》み込みが早い秋成はすぐにルールを覚え、運より戦略的な要素に勝敗が左右される五千年の昔から伝わるゲームに夢中になった。早いときには十分かそこいらで勝負のつくゲームを、飽きることなく繰り返す。対戦するたび、秋成の頭のよさや意外な大胆さが知られてきて、イズディハールは昔よくハミードと遊んでいたとき同様の手応えを感じた。面白くて、時間を忘れ興じてしまう。

秋成が楽しそうに笑ってくれると、イズディハールも嬉しい。

もっともっと、いろいろなことをして秋成を喜ばせたくなる。

二日、三日と経つうちに、イズディハールは秋成を離しがたい気持ちが募ってきた。

「それほどお気に召したのなら、いっそ手術を勧めて女性になってもらい、側室としてお手元に置かれればいい」

王宮の執務室で二人だけになったとき、ハミードは秋成の様子を聞いてイズディハールの入れ込みぶりを察したのか、揶揄《やゆ》するように言った。

「その方が大尉にとっても幸せかもしれませんよ」

正直なところ、イズディハールも一度は同じように望んだ。秋成さえよければ、ずっと傍にいて欲しい、手放したくないと思ったのだ。一目見た瞬間からイズディハールは秋成に、言葉にできない特別な感情を抱いていた。誰かにこれほど執着心を持ったのは初めてだ。

しかし、秋成の返事は予想していた以上に揺らぎがなく、イズディハールは理解のあるふりをして引き下がるしかなかった。考えてみれば当然だ。二十五年間通してきた性を変えるなど、誰にしても容易《たやす》くできることではないだろう。秋成の気持ちを思いやりもせず、無頓着で自分本位な発言をした己の無神経さに腹が立つ。秋成が気分を害さず、キスさえも許してくれたことには感謝するしかない。秋成の心の広さと鷹揚《おうよう》な性格を知り、さらに愛《いと》しくなった。

「俺は秋成を側室になどする気はない」

心にあることをいちいち説明したところで仕方がないと思ったので、イズディハールはハミードの好奇に満ちた発言をすげなく一蹴《いっしゅう》した。

「それより、新事実が出てきたというのは？」

「はい」

ハミードもすぐに態度を改め、執務中の顔に戻る。

「まず朗報があります」

ハミードは歯切れのよい口調で報告し始めた。

「コンジュの遺跡を捜索させたところ、大尉が言っていたとおり、丘の斜面の草むらで双眼鏡が見つかりました。ザヴィア軍で使用されているものに間違いありません。それから、市街地のスーパーの駐車場に置き去りにされているのが発見された領事館所有のジープですが、遺跡の駐車場に微かながら残っていたタイヤ痕《こん》と一致しました」

「つまり、秋成の言ったことは事実だと証明されたわけだな?」

「少なくとも大尉は嘘はついていない、いったんはコンジュの遺跡に行った可能性が高いことがわかった、というだけです」

ハミードは冷淡かつ慎重に言い直した。

なおも疑ってかかるのかと不快だったが、ハミードの弁はもっともで、イズディハールは黙るしかなかった。恋に目が眩《くら》んでいるのでは、と容赦なく指摘されたことが頭に残っている。あのときはなんとか反論したが、今は違うと言ってのける自信がない。秋成に対する気持ちは膨らむ一方なのだ。

「それから、こちらは大尉に不利な報告です。ザヴィア側は以前から大尉が個人的にマスウードと結託していた証拠物件を摑んだと報せてきました。大尉の部屋を捜索したところ、発見したのだとか。明日にもこちらに送られてくることになっております。内容はすでに把握済みです。マスウードに武器を流した際の取引書類が数点。いずれも大尉の署名があります」

「偽造の可能性は?」

イズディハールは冷静に質《ただ》した。秋成がそんなことをするはずがないと信じている。ザヴィアは秋成一人に罪を着せ、マスウードとの国家的関わりを否定する腹なのだ。

「俺には今回の件が少しずつ読めてきたぞ」

苦々しい気持ちでいっぱいになりながら、イズディハールは低く唸《うな》るように言った。

「事の発端はマスウードの勝手な先走りだったのだろう。もともと連中は特に過激な思想を持つ集団だそうだな。現在、グループ内が、超タカ派とそれよりはもう少し慎重にやろうという穏健派に割れ、統制が取れづらくなっているという情報もある」

「そのとおりです。つまりあの襲撃は、業を煮やした超タカ派の連中が、手緩い穏健派連中を出し抜き、突発的に行ったものだと殿下はおっしゃりたいわけですね」

「ああ。秋成はこの一件とはまったく関係なく、軍内部の軋轢《あつれき》や、政界に多大な影響力を持つというローウェル家の事情から、陰湿な苛《いじ》めにあっただけではないのか」

「それで遺跡に呼び出されて殴り倒されたというわけですか。それが偶然、今回マスウードの起こした事件と重なった、と?」

ハミードの声に若干嫌みな印象が交じる。できすぎた偶然ですね、と言外に皮肉っているのだ。

イズディハールはぐっと苛立《いらだ》ちを抑えつけ、続けた。

「あり得ないことではないはずだ。マスウードを抜きにして秋成の身に起きた事件を考えれば一つの解釈が付けられる。今回の護衛隊の任は、そもそもが秋成を陥れるために仕組まれたものだった。仕組んだのは軍部とローウェル家だ。ローウェル家は、遠縁の男を跡継ぎとして養子に迎えたことで、秋成の存在が邪魔になった。そこで、外相のシャティーラ訪問にかこつけて秋成を同行させ、一晩遺跡に閉じこめて帰国の際置き去りにしていくつもりでいたのだ。その後、もし秋成が戻ってきたとしても、軍は自分たちが罠《わな》にかけたことなどなかったことにして秋成の言い分を無視し、規律を乱して勝手な行動を取ったとして除隊させられる。そして、ローウェル家はさらにそれを理由に、世間体を保ちつつ秋成を絶縁できるわけだ」

「確かに一つの見方としては成り立ちます」

イズディハールの熱い気持ちに水をかけるかのごとくハミードは冷徹だ。だが、安易に迎合しない客観的な意見はイズディハールにとって貴重で、腹を立てる筋合いのものではなかった。

「ところがそこにたまたまマスウードが起こしたテロ事件が勃発した。ザヴィア内部に以前からマスウードに武器を横流ししていた人間がいたのは事実だ。もしかすると、国そのものが関わっていた可能性も大きい。ザヴィア側は今度の石油採掘権問題に相当不満を抱いている。問題が表面化したときからブルハーンと利害関係の一致をみて手を組んでいたのが、敗色が濃くなった時点で本格的に意趣返ししようとしたとしても不思議はない。だがそれにしても、外相一行がシャティーラにいるうちにテロを起こさせるとは考えにくい。俺は第一報を受けたときフィエロンと一緒だったが、外相は本気で驚いていたようだった。テロはマスウードが独断で行ったと見るのが妥当だろう。外相たちは急な襲撃に度肝を抜かれ、なんとか翌日予定どおり帰国したものの、ザヴィアが関わっていることが早々に知れて慌て、たまたま置いてきた秋成を、すべての罪を着せるために利用することにしたのではないのか」

「そうですね。ですが、以前俺が殿下に申し上げた、大尉個人のザヴィアに対する報復説も、まだ完全に覆ったわけではありません」

「大尉がディナルから三十キロ離れたコンジュの遺跡にいたことが証明されてもか」

「直接大尉を見たという目撃証言が出たわけではありませんからね。ザヴィア軍は大尉の申し立てを全面否定しています。特命などなかった、誰も大尉に遺跡に行くよう指示していない、すべては大尉の虚偽だ、と」

「ハミード、俺は決定的な証拠が出ない限り、秋成を渡さないぞ」

イズディハールが断固として言うと、ハミードはふっと諦めを匂わせて苦笑した。

「わかっております。俺も大尉に無実の罪を着せるつもりは毛頭ありませんからね。まして、これまでどんな女性にも興味を示されなかった殿下が初めて欲された相手だ。できれば潔白が証明され、殿下のお心が安くあられるよう願っておりますよ」

「……ああ。そうなるよう、できる限りのことをしてくれれば助かる」

いったん言葉を区切り、イズディハールはハミードの顔を信頼を込めて真剣に見つめた。

「俺はおまえの公正さと情け深さを信じ、頼りにしている」

　普段は思っていてもまず口にしない言葉に、ハミードは目を瞠り、軽く息を飲んだ。イズディハールの気持ちの深さに少なからず心を動かされた様子だ。

「最大限に力を尽くします」

　ハミードはあらたまった態度で慇懃《いんぎん》に受け、カフィーヤを被った頭を下げた。

　すると言ったらハミードはするだろう。イズディハールは疑わず、ひとまず安堵した。

　ちょうどお茶の時間になったので、イズディハールは応接セットに場所を変え、側近が淹《い》れたお茶をハミードと飲んだ。

　傍らの台に据えられた大きな花瓶と、そこに生けられている豪奢《ごうしゃ》な花に視線を向けてお茶を飲みながら、ハミードはさりげなく秋成のことに話を戻す。今度はかなりプライベートな立場に立った発言をする。

「兄上が大尉に同情し、力になってやりたいとお思いになる気持ち、わからなくはないですよ」

「そうか」

　イズディハールは熱いお茶を啜《すす》り、さして期待せずに相槌《あいづち》を打つ。自分でもいつの間にここまで膨らんだのかわからない気持ちを、ハミードに理解されるとは思えなかったのだ。

「近衛の軍服を着ているとよけいあの美貌と繊細さが際立って、いっそ儚《はかな》いくらいの印象がある。仲間内で浮いた存在になってしまっても無理はない。自分たちとは何かが違うと、本能的に感じ取るのかもしれませんね」

「大尉の体のことか」

「ええ。どうやら大尉の秘密を知っているのは我々だけのようですよ。ローウェル家の面々も気づいていた節はありません」

「引き取るなり寄宿舎に入れ、ほとんど顔を合わせなかったくらいだから、そうであっても不思議はないな」

秋成もきっと、周囲に知られれば嫌悪されて居場所がなくなると恐れ、必死に隠そうとしただろう。秋成の心境を思うとやるせなくてならない。

「医者には診させたのですか？」

「いや。この話題は避けている。秋成がそっとしておいて欲しがっているのがわかるからな」

「そうですか。兄上がそれでも構わないとおっしゃるのでしたら、俺が口出しすることではありません。どうぞお聞き流しになってください」

「俺は秋成を今のままで……」

そこまで言って、イズディハールははっとして口を噤《つぐ》んだ。

つい自然と胸の奥にある気持ちを吐露しかけてしまい、ここでハミード相手に何を告白めいたことをしているのかとバツが悪くなる。

ハミードはすっと切れ長の目を細くして、口元に薄笑いを刷《は》かせただけで、続きを促しはしなかった。聞かなくても察していたのだろう。

「兄上は今、お幸せのようですね」

代わりにハミードは、いささか含みを持たせた物言いをする。イズディハールの気持ちが真剣なことを慮《おもんぱか》っているようだ。

「これでもし大尉が有罪とわかった暁には、兄上はどうなさるおつもりなのか、正直いって俺は心配です」

「考えもしていない」

「大きなお世話と叱《しか》られるのを承知で言わせてもらえば、兄上は万一の場合にもある程度のご決心をされておくべきだ」

「ハミード。何度も言うように俺は秋成を信じている。だが、もし秋成が爆破事件に関わっていたと疑いようもなく明らかにされたなら、そのときは必ず当局に従い、秋成を引き渡す」

イズディハールはハミードにはっきりと誓った。

皇太子の権限を利用して秋成を特別扱いし、罪をうやむやにするつもりはない。きちんと裁きを受けさせ、罪を償わせる。それからもう一度秋成に気持ちを伝える。何年待とうと構わなかった。

はっ、とハミードは呆れたような、幾分うんざりしたような調子で溜息《ためいき》をつく。イズディハールの決意のほどを汲《く》み取ったのだろう。

「どうやら重症のようですね」

イズディハールはもう否定しなかった。

「大尉が恨めしいな。俺の大事な兄上をこんなにも惑わせるとはね。いったい、あの不思議な体のどこにこうまで兄上を虜《とりこ》にする魅力があるのか、一度秘密を曝いてみたくなりますよ」

「ハミード！　冗談も過ぎれば不粋だぞ」

「もちろん心得ております」

声を尖らせたイズディハールに、ハミードはこれ以上神経を逆撫《さかな》でしてはまずいと思ったのか、ティーカップをローテーブルに置いてソファを立った。

「ご馳走《ちそう》様でした。それでは私はこれにて失礼させていただきます」

ハミードが長いカフィーヤの端を靡《なび》かせながら大股に歩き去っていくのを、イズディハールはぐっと拳《こぶし》を握って見送った。

※

イズディハールの邸宅の庭は、王宮の中庭に勝るとも劣らず美しい。

秋成は気の向くままに庭を散歩するのが好きで、日中の日射しが強烈に照りつける時間を外し、一日一度は戸外の空気を楽しんでいる。イズディハールも外出していないときには、一緒に歩いてくれる。秋成はイズディハールに絶えず気にかけられ、大切にしてもらっていることを肌に感じ、恐縮する。もちろん嬉しくもあった。

イズディハールに身柄を保護されて、早くも一週間が過ぎていた。

いろいろと新事実もわかってきているはずだったが、イズディハールは秋成に何も教えようとしない。ただ、大丈夫だ、心配する必要はないと夜寝る前に耳元で囁き、キスするだけだ。

昨夜もそうして唇を塞がれ、喘《あえ》ぎ声しか出せなくなるほど濃厚な口づけを受けた。

キスの前には、やはり毎晩イズディハールの手で、ピアスを嵌《は》めた乳首への消毒もされている。

服を開いて、イズディハールの目につんと尖った乳首を晒《さら》すのは、たまらなく恥ずかしい。べつにただの平坦《へいたん》な胸板は誰もが持つものだが、妙に意識してしまう。泡立てた薬用石鹸《せっけん》をブラシで塗りつけられ、生理食塩水で綺麗に流されるだけの医療行為の最中にも、変な声をたててしまいそうになったことが何回もあった。そんなに緊張しないでくれ、とイズディハールに苦笑され、普段は触れられない右の乳首を宥めるように撫でられたこともある。リングを動かされるとまだ痛いが、腫れと熱はすっかり引いていた。困るのは、以前より感じやすくなったことだ。指先を掠《かす》められただけで、ビクッと腰まで揺らしてしまったときには、自分でも驚いた。

夜ごとの口づけと手当てに、秋成はイズディハールの深い気持ちを感じ取り、蕩《とろ》かされそうだ。

昨晩など、キスの後いつものように明かりを消して礼儀正しく秋成の部屋から出て行こうとするイズディハールの背に、もどかしさを感じてしまった。引き止めたところで、秋成に何ができるのか自信がなく、結局そのまま見送ったのだが、一晩中イズディハールのことばかり考えて、なかなか寝つけなかった。

おかげで今朝はいつもより一時間遅く目覚め、そのときすでにイズディハールは公務のために王宮に出かけてしまった後だった。

朝の支度を手伝いに来たズフラから、イズディハールに起こすなと言いつかっていた旨を聞き、秋成は正直、そんなふうに気を回してもらわなくてもよかったのにと思った。

一人きりの朝食はここに来て初めてで、寂しく物足りない心地がした。以前は何をするにもたいてい一人で、それを特に辛いと思ったことなどなかったのだが、イズディハールに甘やかされるうち、秋成は精神的に弱くなり、他人への依存度を増したようだ。

こんなことでは、この先、生きづらくなる……。

朝食後、花の咲き乱れる緑濃い庭を歩きながら、秋成は今後のことを考え、じわじわと不安に苛《さいな》まれだしていた。

いずれこの穏やかでイズディハールの大きな翼に守られた生活は終わりを告げる。それも遠からぬうちにだ。

潔白が証明されて自由の身になったところで、今まで通りの地位や待遇には戻れないだろう。たとえ戻れたとしても、以前よりさらに周囲としっくりいかず、やりにくい状況になるのは目に見えている。秋成を待っているのは、厳しく辛い現実だ。

どこにも居場所がなく、誰からも必要とされない。

この救いのない感覚だけはいつまで経っても麻痺することがなく、折に触れ、秋成は激しい孤独に見舞われる。体のことと併せて、なぜ生まれてきたのだろうと悲しく思うのだ。

気持ちが塞いでくると足取りまでも重くなる。

秋成は広い庭園の中程で足を止め、ヤシの木陰に据えられたベンチで一休みした。ツバのある帽子を脱ぎ、タオル地の小さなハンカチで額や首筋の汗を拭《ふ》く。

午前十時を過ぎると、気温はかなり上昇する。秋成はシャティーラの民族衣装ではなく、シャツとパンツという着慣れた格好をしている。イズディハールの気遣いで、何十着という数の洋服がワードローブに揃《そろ》えられたのだ。衣料品ばかりでなく帽子やサングラスなどの小物類もあった。

ヤシの木陰は風の通りもよく、涼しくて気持ちがいい。

秋成はしばらく、傍らのボーダー状の花壇に咲く色とりどりの可憐な花を眺めつつ、暗く沈み込みかけていた気持ちを和ませた。

先のことはなるべく考えないようにする。どうせ今すぐ答えは出せないのだ。まだ秋成にも、自分がどうなるのか予測がつかない。そのうち嫌でも悩まなくてはならなくなるのだから、せめてここにいられる間は忘れたいと思った。

邸宅の方からこちらに向かって歩いてくる人がいるのに気がついたのは、十分ほど花を見ながら涼んだ頃だ。

最初、秋成はイズディハールかと思い、隠しきれない嬉しさに顔全体を綻ばせ、胸を弾ませた。

しかし、すぐに違うと気づき、落胆すると同時に全身を強張《こわば》らせる。

白いディシュダシュと揃いのカフィーヤ、濃いサングラスで目元を隠した、長身で立派な体《たい》軀《く》の男は、外見的にはイズディハールと寸分違わなかったが、醸し出す雰囲気が明らかに違った。

「ハミード殿下」

まだ十メートル以上距離が空いていたが、秋成は畏まってベンチから腰を浮かしかけた。すると、ハミードが、手振りでそのまま座っていろと示してくる。

秋成がどうするべきか迷っている間に、ハミードはどんどん近づいてきた。

「女官に大尉は庭にいると聞いて探し回った。隣、いいか？」

「はい。もちろんです。お手数をおかけして申し訳ありません」

秋成はハミードの意志の強そうな口元に視線を吸い寄せられたまま、不安を殺して答えた。瞳が隠れていると、ますますイズディハールとの差がなくなる。

いったいどんな用件で秋成を訪ねてきたのか。

間違ってもいい予感はせず、秋成はハミードの隣で身を硬くし、息をするのさえ遠慮がちになった。何を言われるのか、恐々として構えてしまう。

そんな秋成の緊迫した態度を、ハミードはしばらくの間、薄笑いを浮かべ、揶揄するように見ていた。不安がる様子を少なからず面白がっていたらしい。イズディハールとは逆に、ハミードは最初から秋成を疑ってかかっていた。好きか嫌いかで言えば、十中八九嫌われている自信がある。

「そう俺を怖がらなくてもよさそうなものだ」

おもむろにハミードが口を開く。

「確かに少々手荒なまねはしたが、それももう、兄上に十分すぎるほど可愛がられて、癒されているはずだろう」

口調は優しいが、明らかに皮肉が交じっている。

どうやらハミードは、イズディハールの秋成に対する処遇が面白くないらしい。じろじろと無遠慮に全身を見据える視線が、肌に突き刺さるようだった。

「……御用向きをお聞かせ願えますか」

秋成はできるだけ毅然《きぜん》とした態度を保ち、ハミードに丁重に用件を訊《たず》ねた。

「ふん、大尉もなかなか気が強いな。こんな微妙な立場にいても、触れられたくない話題は無視するとは恐れ入る。だが、まぁいい、俺も手応えのある相手の方が好みだ」

ハミードは嫌みたっぷりに言って鼻で笑うと、秋成の希望通り本題に入った。

「大尉にとって悪くない報せが二つある。一つは、爆破が起きた翌日、大尉が遺跡から出てきたところを目撃したという人物が現れたことだ。しかも、それがたまたま遺跡を撮りにきていたプロのカメラマンで、大尉を見て思わずシャッターを押したらしい。写真を確認した結果、間違いないとわかった。取り調べで大尉が言ったことが事実だったと判明したわけだ」

「そうですか。ありがとうございます」

取りあえず安堵し、秋成はハミードに感謝した。

ハミードは頬の筋肉一つ動かさず、そっけなく話を進める。

「もう一つは、昨日ブルハーン国内で身柄を拘束されたマスウードのメンバーの一人が、武器供給に関わっていたザヴィア側の男は、大尉とは似ても似つかぬ特徴の人物だったと証言したことだ。連中は必ず取り引き相手と一度顔を合わせる。相手を直《じか》に確かめてからでなければ絶対に取り引きしない。リーダーと打ち合わせしていた人物は、もっと軍人然とした、横柄な態度の男だったそうだ。大尉の写真を見せても反応しなかった。これで大尉の容疑はほぼ晴れたことになる」

確かにハミードの前置きどおり、秋成にはこの上なくいい報せだった。

それなのに、思っていたほど心が軽くならない。秋成は複雑な気持ちで、膝《ひざ》に載せた自分の指を見つめた。

「どうした。嬉しくないのか、大尉?」

ハミードの言葉にはっとして目を上げる。ちょうどハミードも横目で秋成を流し見たところで、冷たいまなざしと視線がぶつかった。

「無理もないか」

ハミードは人の悪い目つきをして、思わせぶりに言う。

「ザヴィア軍は今回の一件はすべて大尉が独断でやったものだとして、除隊扱いにした上、処分はすべてこちらに任せると言ってきた。大尉とマスウードの間で取り引きがあったことを裏付ける証拠書類を提出した際にな。先ほど大尉に話した新事実については、昨晩のうちに伝えてあるが、向こうからの正式なコメントはまだ出ていない。おそらく、認めないだろうな。大尉に仲間がいて、その人物が軍の名を騙《かた》ったのだとして片づけようとするのがオチだろう」

大いにありそうな話だ。

秋成は諦観《ていかん》に浸され、静かにハミードに聞いてみた。

「そうすると、私はどうなるのでしょう?」

「我々は、徹底して真実を探すだけだ。大尉に仲間がいるという説ももちろん検討する。大尉にかけられていた疑惑はいったん白紙に戻ったが、今後また新たな事実が出てくれば、そのときは再び逮捕拘留することになる。残念だが出国の許可は当分下りないと諦めてもらうしかないな。真犯人が割れるまで、おとなしくここにいることだ。兄上の関心が大尉に向けられている限り、ここが大尉にとってもっとも居心地のいい場所のはずだ」

シャティーラから当面出られない。半ば予期していた返事だったせいか、それほど失意は感じなかった。ハミードがイズディハールを頼りにしろと言うことが、かえって意外だったくらいだ。秋成はてっきり、ハミードはイズディハールの気まぐれを苦々しく受けとめ、できるだけ早く秋成をここから追い出したいのかと思っていた。

「ついでに教えておくと、ローウェル家もきみを放逐したぞ」

ハミードはさらに秋成に追い打ちをかけた。

優しいのか意地悪なのかよくわからない。憎まれているようでいて、少しは同情されている気もする。秋成は当惑するばかりだ。

「そういえば、胸の飾りはどんな具合になった?」

ハミードは唐突に言い出すと、秋成の胸元にやおら腕を伸ばしてきた。

不意を衝かれた秋成はハミードの手を避けきれず、あっという間にシャツのボタンを三つ外され、前をはだけられていた。

「ほう。綺麗についているな」

「やめてください、殿下」

優しい木漏れ日が注ぎ、涼しい風の吹く明るい戸外でいきなり淫《みだ》らなことをされ、秋成は狼狽えてしまって頼りない声しか出せなかった。ハミードの視線を意識すると、ただでさえ緊張していた体がさらに硬くなってくる。

「いやらしい乳首だ」

ハミードはわざと秋成を辱《はずかし》めるような言葉を吐き、無遠慮にリングの嵌った突起を摘み上げた。

「あっ……！」

痛みと淫靡《いんび》な快感が一緒くたになり、秋成を襲う。

秋成は乱れた声を上げ、胸を庇《かば》って背中を丸め、前のめりになってハミードの手を遠ざけようとした。

しかし、ハミードは秋成の敏感な反応が面白かったらしく、反対に秋成の腰に腕を回し、抱き寄せてきた。

「お願いです、殿下、放してください！」

秋成は身を捩《よじ》って逃れようと藻掻《もが》くのだが、ハミードはますます腕に力を込め、秋成を放そうとしない。

「さっきは感じていたじゃないか。兄上にもいつもされているんだろう？」

耳元で猥《みだ》りがわしく囁かれる。

「この桜で染めたような慎ましい色の乳首、俺も吸ってやろうか。そうすれば、感じやすい大尉は昼間からここを濡《ぬ》らして、兄上が戻ってくるなり自分からはしたなく足を開くわけだ」

「ち、がう……、そんな！」

秋成は羞恥のあまり耳を塞ぎたくなった。

ハミードは愉快そうに笑い、秋成の両の乳首をさらに指で弄《いじ》った。

「あっ、……あ、……あぁっ」

感じて体がビクビクと小刻みに揺れる。

口を衝く声の淫らさに、秋成は頬を上気させた。唇を噛んで声を抑えようとしても、すぐに解けて堪えきれなくなる。

「兄上はなぜきみにもっと色気のある服を着せないんだろうな。薄絹とシフォンでできたワンピースでも着せておけば、裾をたくし上げるだけできみの神秘的な部分がどんなふうに変化しているか確かめられる。それとも、きみが拒絶しているわけか？」

「皇太子殿下は、なさいません、こんなこと！」

秋成が切れ切れに叫んだ途端、ハミードはまさかと心底驚いた様子で目を瞠《みは》り、さっと秋成の体から両手を放した。

その隙《すき》を逃さず、秋成はハミードから体を背けた。

大きく開かれたシャツのボタンを、震える指で覚束《おぼつか》なげに留めようとする。

「驚いたな。……いや、呆れたと言うべきか」

ハミードが愕然《がくぜん》としたように呟く。

「……すみません、もう、お話がお済みでしたら、私は……私は、失礼してもよろしいですか」

あと一つ、どうしても一番上のボタンがうまく留められずに焦りつつ、秋成はハミードに伺いを立てた。この場を離れたい一心だ。

「その必要はない」

傍らでハミードが立ち上がる。さらっと衣擦れの音がした。

秋成が恐る恐る振り向くと、ハミードはすでにベンチを離れ、邸宅に向かって歩きだしていた。

ハミードなりに秋成に悪いことをしたと反省し、気を配ってくれたらしい。

遠離《とおざか》っていく後ろ姿を見送りつつ、秋成は突如激しくイズディハールが恋しくなり、今すぐ会いたくて堪らなくなった。

ハミードの背中はイズディハールそのものだ。

何一つ異ならない。

だが、当たり前だが、二人は違う人間だ。

秋成が求めるのは唯一イズディハールだけなのだと、まざまざと思い知らされた気持ちだった。

※

夕刻、私邸に戻ったイズディハールは、執事に秋成の居場所を問い質した。

「ご自分のお部屋にいらっしゃいます。先ほどお茶をお持ちした際には、読書をされておりました」

執事が畏まって、すぐにお呼びして参りますと言うのを断り、イズディハールは自分からそこに足を向けた。

秋成に貸し与えているのは、三階の中央に位置する三間続きの小綺麗な部屋だ。手前から順に、居間、書斎、寝室兼ドレッシングルームと連なっている。壁紙は上品なブルー、家具は柔らかな乳白色に金箔《きんぱく》をあしらったもので統一してある。ベッドルームの天蓋や各部屋のカーテンは、白と青を基調にした緻密《ちみつ》な織りのものだ。少しでも秋成が気持ちを楽にして寛《くつろ》げるようにと思って、百以上ある部屋のうちから最もふさわしいものを選んだ。

コンコン、と軽くノックをしたが返事がない。

「秋成、俺だ。入るぞ」

イズディハールは室内に向かっていちおう声をかけ、ネクタイのノットを正してから扉を開く。

秋成は背凭れの高い安楽椅子に埋もれるようにして眠っていた。

それに気がついたイズディハールは足音を忍ばせ、注意深く秋成に近づくと、愛しさで胸をいっぱいにしながらそっと顔を覗き込む。

透けるように白い肌に長い睫毛が影を落としている。淡く色づいた肉の薄い小さめの唇は、起こさずにすむのなら今すぐ啄みたい欲求を掻き立てた。

イズディハールは頬や髪を撫でて唇にキスしたいのを我慢し、腹の上に開いたまま載っている本を取って栞《しおり》を挟んで閉じ、傍らのティーテーブルに置き直す。

そして、女官を呼ぶ手間を省いて自ら寝室に行き、ベッドの足元にあるローチェストに常備されているブランケットを手にして戻った。

寝息を立てている秋成の体に、ブランケットを静かに掛ける。

秋成は首を動かし、先ほどまでとは反対側に頭を傾けたが、起きる気配はない。

イズディハールも傍らの椅子に座り、目を細めて秋成の寝姿を見守った。

秋成の白皙《はくせき》を見つめながら、イズディハールは昼間ハミードと交わした会話を反芻していた。

——ハミードは午後になってすぐ、アポイントもなしに突然王宮の執務室を訪ねてきた。

手には秋成の荷物一式だという旅行鞄《かばん》を持っていて、それを最初なんの説明もなしに渡され、イズディハールは面食らった。

「なんだ、これは？」

「大尉の荷物ですよ。ホテルの部屋に置いたままになっていたのを、軍部で引き取り、保管していました。中身は日用品と礼装用の軍服です。今朝すでにご報告したとおり、大尉は保護観察付きでいったん放免しますので、これを兄上にお預けします。兄上から大尉に渡してやっていただければ幸いです」

「あぁ、わかった」

イズディハールは頷き、荷物を受け取りはしたものの、おそらくこれはもう秋成に必要ないものだろうと思い、内心複雑だった。

ザヴィアから徹底して拒絶されている現況をどう話せば最も傷つけずにすむのかと、イズディハールは報告を受けてからずっと頭を悩ませていた。このときはまだ、ハミードが午前中のうちに秋成に会いに行っており、先回りして告げていたとは知らなかった。知ったのは、その後、コーヒーを飲みながら二人で話をした際だ。

「会った？　秋成に会いに行ったのか、ハミード？」

予想もしないことを白状され、イズディハールはあからさまに顔を顰《しか》め、不機嫌になった。ハミードが前々から秋成を快く思っていないのは明らかだったため、今度はどんなふうに秋成を傷つけたのだ、と聞いた端から気が気でなくなったのだ。今の今までイズディハールが真剣に思案し続けていたことが、全部無駄だったと知らされたのも腹が立つ。勝手なことを、と怒りが湧いた。イズディハールの口調は取り繕いようもなく刺々《とげとげ》しくなった。

「一度、大尉が兄上の元でどんなふうに過ごしているのか、知りたかったのです。言い訳はしません。ただの興味本位でした」

いつになくハミードは神妙な態度を見せる。イズディハールの了承も取らずに秋成と接触して、悪かったと反省しているのがわかり、イズディハールも心持ち怒りを鎮めた。

「すでにしてしまったことは仕方がない。だが、今後は二度と俺を差し置いた行動は許さないぞ」

「わかっております。本当に、申し訳ありませんでした」

「……それで、秋成に気落ちした様子はなかったか？」

「薄々覚悟はしていたようです。想像以上に冷静で、取り乱した様子はありませんでした。ですが、本日はなるべくお早めにお帰りになった方がよろしいかと」

「言われるまでもない」

芯が強くて気丈な秋成のことなので、おおかたそんなところだろうとは思っていたが、表に出さない分、胸の内では苦しんでいるはずだ。イズディハールはいっそ今すぐ帰宅したい誘惑に駆られたが、無責任に職務を投げ出すわけにはいかず、辛抱した。

「この際ですから一週間ほど公務を休まれて、大尉をどこかに連れ出してあげたらいかがです？　ちょっとした外交上の接待程度なら、俺が代わりを務めますよ」

「妙だな。えらく殊勝なことを言うが、ハミード、もしかして秋成に何かしたのか？」

イズディハールが不審を覚えて追及すると、ハミードは気まずげに視線を逸《そ》らし、渋々ながらに昼間の出来事を打ち明けた。嘘やごまかしが苦手な点も、兄弟揃って同じだ。聞けばハミードはきっと正直に答えると思っていた。

「弁解する気はありませんが、俺は心の底から意外でした。失礼ながら、大尉はてっきり兄上のものになっているのだと信じて疑っておりませんでしたので」

「秋成は男だ。本人がそのつもりでいるのに、なぜ抱ける？」

イズディハールはずっと心の奥に溜めていたままならぬ苦しさや苛立ちを、ここぞとばかりにハミードにぶつけた。実を言うとイズディハールは、少し前から、誰かにこの行き詰まった心情を吐露したくてたまらなかったのだ。こんな話ができる相手はハミード以外にいなかった。

「俺の見る限り、大尉も兄上をまんざらでなく想《おも》っているようですが。品のない言葉でからかったとき、大尉は首筋まで紅潮させて困惑していました。兄上のことをなんとも思っていないのなら、嫌悪に顔を顰めてもいいはずのところで、です。あんな色っぽい顔をさせておいて、本人にその気がないなどと平気で口にできるとは、兄上は朴念仁《ぼくねんじん》と言われても反論できませんね」

「ハミード、いい加減にしておけよ。俺を誰だと思っている」

歯に衣着《きぬ》せぬ言われようにイズディハールはムッとして、精いっぱい強がった。

しかし、生まれたときから共に育ってきたハミードが相手では分が悪すぎる。互いのことが自分のこと同然にわかるので、ごまかしが利かない。案の定、ハミードはイズディハールが照れ隠ししているのだとすぐ気づいたようだ。

「何を弱気になっておられるのやら。まるっきり兄上らしくない。俺が兄上なら、この際、大尉が男か女かなど気にしませんね」

「それは嘘だ。おまえは俺なんかよりよほど厳格に神の教えを守る男ではないか。第三者の立場だから、他人事《ひとごと》としてそんな柄にもない寛容なセリフが吐けるんだ。当事者になればそう簡単には行動できなくなる。違うか?」

「おっしゃる通り俺は敬虔《けいけん》な信者のつもりです。しかし、だからといってガチガチの戒律主義者ではない。それは兄上もご存じのはずだ。ときには教えより大事なことに出会《でくわ》す場合もあるでしょう」

ハミードはここでニヤリと小気味よさげに唇の端を上げてみせ、続けた。

「兄上と大尉には休暇が必要なのではないかと思いますね。よけいなことは考えず、二人きりで過ごせる環境を作ってみられては? 大尉もきっと喜ぶのではないですか」

それは確かに願ってもない提案ではあった。

「ついでに俺にも、大尉に無礼を働いた償いをさせていただければ助かりますよ」

「……そうだな。そうしてみるか。おまえの言うことにも一理ある」

イズディハールは結局ハミードの勧めを受け入れ、明日からしばらく王宮に出向かずにすむよう段取りをつけて帰ってきた。

もう後どのくらい秋成を引き留めておけるか、イズディハールには自信がない。

ときどき夢に魘《うな》されているように眉根を寄せ始めた秋成に気づき、イズディハールははっと我に返り、秋成の傍に行った。

「秋成」

青ざめた頬を両手で優しく包み込み、呼びかける。

ぴくっと顎と瞼を引きつらせ、秋成が目を開く。

イズディハールは潤んだ金茶色の瞳を見つめ、安心させるように頬を撫でた。

「大丈夫か?」

「はい……、すみません」

秋成ははにかみながら小さく答えた。イズディハールが秋成の顔から手を離すと、気を取り直したように表情を引き締める。

「こちらにいらっしゃっていたとは気づかず、失礼致しました」

「きみは何も謝る必要はない。まして、ここにいることに恩や遠慮を感じる必要もない。謝罪して許しを請わなくてはならないのは我々の方だ。きみとマスウードとの関わりを証拠立てる書類の信憑性《しんぴょう》が危うくなり、逆にアリバイの証明がされたという話、ハミードから聞いたはずだ」

「はい」

秋成の返事は短く、それ自体から感情を窺い知るのは困難だった。落ち着いた態度に、今後のことを自分なりに考え、ある程度決めているのだろうと推察するのみだ。

イズディハールには秋成の出すであろう結論が、自分の望みとはまるで逆なのではないかと危惧《きぐ》せずにはいられなかった。

早まって欲しくない。

行く当てもなく出て行かせるようなまねは絶対にしてなるものかと決意する。

イズディハールは激情に近い気持ちをどうにか抑え、唐突に話題を変えた。

「秋成、スイスに行かないか」

帰宅する途中、車の中で思いつき、秋成に聞いてみるつもりでいたことだ。

いきなりすぎて秋成は目を瞠り、返事に詰まって当惑する。無理もなかった。

「レマン湖の畔《ほとり》に別荘を持っている。ちょうど今時分はチューリップが見頃だ。いい気晴らしになるだろう」

「ですが、私は、シャティーラから出られないはずです」

秋成も心惹《こころひ》かれはしたようだが、現実が許さないだろうと残念そうにする。

「俺と一緒なら問題ない。その代わり、俺の傍を離れないと約束してくれ」

「それはもちろん約束します」

秋成はイズディハールの目を真っ直ぐ見て誓った後、遠慮がちな表情になる。

「本当にそんなことまでしていただいて大丈夫なのですか。ご迷惑になりませんか」

「きみは俺を見くびっているぞ。もっと頼りにしてくれてもよさそうなものなのにな。もしかすると、俺は嫌われているのか？」

「まさか」

秋成はさっきよりさらに驚いた顔をして、きっぱりと首を振る。

「心外です。私が殿下を嫌うはずがありません」

「そうだな。きみは誰のことも嫌わない心の広い人だ。きみを置いていき、犯罪者に仕立てようとしたザヴィアの連中も、取り調べできみを酷《ひど》く責めさせた弟も、体を調べて秘密を曝き、傷まで付けた俺のことも。いっそ心配になるほどだ」

「心配、……ですか？」

「ああ」

イズディハールは訝しそうにする秋成の肩に手をやり、ポン、と軽く一叩きした。

「誰かがついていないと、どんな不幸でも許して耐えるばかりなのではないかと、とても心配だ」

「そうでもないですよ……。私はそこまで達観していません。それどころか、無い物ねだりの欲望だらけで、自分が嫌になるばかりです。殿下は、私をいいようにお間違えです」

「きみの無い物ねだりとはなんだ。ぜひ教えて欲しいものだ」

聞いてイズディハールに叶《かな》えてやれそうなことであれば、してやりたい。秋成の喜ぶ顔が見たかった。そのための苦労は、イズディハールにとって幸福だ。

しかし、秋成は静かに首を振り、言おうとしなかった。

イズディハールは仕方なく諦めた。秋成にもっと図々しくなれと願ったところで、難しいのは目に見えている。

フッと溜息をつき、イズディハールは秋成が座っている椅子の両肘《ひじ》を摑み、腰を曲げて顔を近づけた。

不意を衝かれてイズディハールを見上げた秋成の唇を塞ぐ。

唇に触れた瞬間、秋成は目を閉じた。そして、まるで待ち焦がれていたかのように自分から口唇を解き、イズディハールの舌を誘う素振りを見せる。

深い口づけを求められているのを悟り、イズディハールは歓喜した。秋成からこんなふうに積極的になってくれるのは初めてだ。

「秋成」

好きだ。どうにかなってしまいそうなほど秋成が好きだと嚙み締める。

イズディハールは胸の内を激しい恋情で焦《こ》がしつつ、湿った水音を立てて秋成と濃密なキスを続けた。

舌を絡み合わせ、唾液を啜り、口唇を貪《むさぼ》るように吸い尽くす。

秋成も昂《たか》ぶっているらしく、キスの途中から肘掛けを摑むイズディハールの手に、自分の両手を重ね、ぎゅっと甲を握ってきた。いっそ唇を合わせたまま秋成を椅子から立たせ、細身を抱き竦《すく》めたい衝動に駆られる。

だがその前に、イズディハールは濡れた唇を名残惜しげに離した。

透明な糸がしばらく二人を繋いでいた。

「明日、朝食の後、発とう。プライベートな忍びの旅行だ」

「……はい」

秋成は口づけの余韻に浸っているかのごとく、少しぼんやりしていた。

頼りなげな様子がなんともいえず可愛くて、またキスしたくなる。

ちょうどそのときコツコツと扉がノックされ、執事がディナーの支度ができたと告げに来なければ、きっと誘惑に抗《あらが》えなかったに違いない。

イズディハールは秋成の腕を引き、今度こそ迷わず立ち上がらせた。

そしてそのまま手を取って、執事の後に従い一階に降りていった。

※

イズディハール個人が所有する専用ジェット機でジュネーブに着き、そこからさらにモントルーまで迎えの車に乗って行く。

モントルーはジュネーブからするとレマン湖の反対の端にある都市だ。

イズディハールのスイスの別荘というのは、モントルー市内から十キロほど離れた湖の畔に建つ、中世風の城だった。

「すごい別荘をお持ちなんですね」

まさか本格的な城を買い取って別荘にしているとは想像しておらず、秋成は感嘆した。

煤《すす》けた灰色の石壁に、屋根はくすんだ煉瓦《れんが》色で、角錐《かくすい》状や円錐状の塔がいくつも並んでいる。

十三世紀に建てられ、十五世紀になって改装された城を、基本的に当時のままの状態で使っているそうだ。カーテンや家具類などはオリジナルが現存していなかったため、イズディハールがインテリアコーディネーターに指示し、全体の雰囲気を壊さぬよう揃え直させたという。

せっかくだから歩こう、とイズディハールに誘われて、秋成は道路沿いの大きな外門の手前でリムジンを降りた。

門を潜ると傾斜の緩い坂道が長々と延びている。その先に、車窓から見えた褪《あ》せたオレンジ色のとんがり屋根と塔が一部覗いていた。

四月のレマン湖湖畔は散歩を楽しむのにうってつけだ。湖から吹いてくる爽《さわ》やかな風をいっぱいに吸い込むと、気のせいか草や花の香りがした。途中、道路沿いにずっと眺めていた、緑の絨毯《じゅうたん》を敷き詰めたような景色が深く印象に残っているせいかもしれない。

片側に歩道のあるアスファルトの広い道を、イズディハールと並んでゆっくり歩いて下る。

今日のイズディハールは、私的な旅行にふさわしく、長袖の開襟シャツにスラックスというカジュアルな服装だ。秋成と同じである。長身で均整の取れたスタイルをしたイズディハールは、どんな格好をしていても溜息が出るほど似合う。秋成は、こうして今、イズディハールの横にいるのがよりにもよって自分だということが、おこがましくてしょうがない。本当にいいのだろうかと心配になる。

「そんなに急ぐと転ぶぞ」

つい足取りが速くなってしまっていたようで、笑いながらイズディハールに腕を掴まれた。

顔を見上げても、互いにサングラスをしているため、いつもより気恥ずかしさが薄れる。

「……もっとゆっくりだ、秋成。何も急ぐ必要はない。ゆっくり、いろいろなきみをここで俺に見せてくれ」

イズディハールはそう言って足を止め、秋成と正面から向き合い、肩を引き寄せて唇を合わせてきた。

挨拶程度の軽い接吻だけですぐに顔は離れたが、秋成はそれからしばらく心臓が騒いで鎮まらなかった。イズディハールのキスには、秋成の心を乱す甘い毒があるようだ。

橋を渡って古びた城門を潜ると、石畳の広場に出る。

周囲に建つのはロマネスク様式の建物だ。とにかく古い。古いが、手入れと掃除は行き届いており、確かに現在も、ときどきとはいえ、人が滞在する場所として使われているのだとわかる。

「地下には貯蔵庫も牢獄もあれば、緊急時に湖から逃げるための秘密の地下道まである。あとで案内しよう」

イズディハールは、城内を見て回るより先に、秋成を滞在中私室として使用する寝室に案内してくれた。

「俺の部屋は一つ置いた次の間だ。すぐに運転手が荷物を運んできてくれるだろうから、荷解きをしたら入浴して着替えるといい。その後、二階の居間に来てくれ。お茶にしよう」

秋成はイズディハールの細やかな心配りに感謝した。旅に不慣れなせいか、さっそく疲れが出てきている。イズディハールと二人きりという状況にも少々緊張しているのかもしれない。

一人になってから、荷物が届けられるまでの間、手持ち無沙汰《ぶさた》に部屋を見て回った。

厚い白壁を刳《く》り貫《ぬ》き、木枠に昔作られたガラスを嵌め込んだ窓が、一方に並んでいる。近づいて外を眺めると、レマン湖が見下ろせた。岸辺にはホテルや別荘と思《おぼ》しき建物、緑の木々が連なっている。湖の水は緑がかった青だ。

心ゆくまで景色を見ていると、制服姿の運転手が恭しく旅行鞄を運んできてくれた。パッキングしたのはズフラだ。ここでは誰にも気兼ねなく二人で過ごしたいからと、イズディハールはあえて従者も女官も一人として伴わなかった。秋成もその方が気が楽で助かる。食事は近くのホテルやレストランからシェフを雇って作らせると聞いていた。

浴室にはアンティークな猫足のついた陶製のバスタブが据えてある。フランス製のタイルといい真鍮《しんちゅう》でできたカランといい、いい感じに時代がかっているが、設備自体は新しいらしく、蛇口を捻《ひね》ると適度に熱い湯がふんだんに出た。七、八分でバスタブに湯が溜まる。洗面台の棚に置かれていたアロマオイルを数滴垂らすと、浴室中に気持ちを清々《すがすが》しくして和らげる香りが広がった。

秋成は衣服を脱いで裸になり、バスタブに足を入れた。

胸の上まで浸かると心地よさに全身が弛緩する。満ち足りた吐息が零れた。

しばらく何も考えずにゆったりと湯に浸かって、腕や足に手のひらを滑らせる。

首筋や肩に湯をかけたとき、ふと視線を下げた秋成は、左胸に通された金のリングに目を留めた。

僅かの膨らみもない平板な胸に、綺麗な赤い球のついた小さな飾りが下がっている。恐る恐る指先で触れると、そこから痛みとも快感ともつかぬ感覚が電流のように走った。思わず声を洩らしそうになる。ただでさえ硬くなりかけていた乳首があっという間に充血して膨らみ、突き出している。いかにも淫猥《いんわい》で、秋成は誰が見ているわけでもないのに羞恥を感じて狼狽えた。

吸ってやろうか、と誤解をしたハミードがいやらしいセリフを吐き、両胸を弄ってきたときのことがぱっと脳裏に浮かぶ。

あのとき受けた痺れるような快感を思い出し、秋成はきつく唇を噛んで目を閉じた。

もしあれと同じことをイズディハールにされたなら、秋成はもっともっとはしたなく乱れてしまいそうな気がする。

想像しただけで股間《こかん》が痛いほどに張り詰めてきた。

以前から、たまにこんなふうになることはあったが、今まで経験してきたより疼《うず》きが酷くて、秋成は堪えきれず足の間に指を伸ばして、どうなっているのか確かめた。

小振りのペニスが芯を作って勃《た》っている。その後ろに続く割れ目にも躊躇いがちに触れてみると、ぬめった感触があった。ここがこんなふうにたびたび潤むようになったのは、シャティーラに来てからだ。それまでは特に変化することもなく、おおむね存在を意識せずにすんでいた部位だった。

シャティーラでイズディハールと会い、親交を深めていくにつれ、秋成の体は少しずつ変わっていっているようだ。

不安と、いっそもうどうなってもいいから成るように成ってみたいと思う気持ちが錯綜し、秋成を落ち着かない気持ちにさせる。

秋成はバスタブの中で取り留めのない物思いに耽《ふけ》ってしまい、うっかり湯あたりしそうになった。

シャワーを浴びて浴室を出た後、袖にゆとりのあるシャツブラウスとベージュのスラックスを身に着け、二階の居間に下りる。

開け放ったままにされた扉から室内の様子が窺える。

イズディハールはすでに来ていた。

ソファに座って寛ぐ姿にも品格と高貴さが溢《あふ》れている。長い脚を組み、肘掛けに両腕を載せてひきしまった腹の上で指を交差させた姿があまりにも立派で、目が離せない。

近づいていく秋成に顔を向けるなり、イズディハールは切れ長の瞳をすっと細くした。そのままじっと見つめられ、秋成は面映ゆかった。

「すみません、遅くなりまして」

「身支度に時間をかけられることには慣れている」

イズディハールはわざわざソファから立ちあがり、秋成に腕を差し出してきた。

セリフも態度もまるで淑女に対するものだと思ったが、べつに嫌な気はせず、秋成は素直にイズディハールに手を預け、エスコートに従いソファに腰を下ろした。イズディハールも秋成の隣に座り直す。そして、サイドテーブルの上に置かれている陶製のベルを振った。

ほどなくして、給仕の制服を着たスイス人と思しき男性が、茶器一式を載せたワゴンを押して恭しく入ってきた。

香り高いダージリンをサーブされる。

お茶一つ飲むのにも、イズディハールと一緒だととても優雅な気分になる。イズディハールの醸し出す雰囲気が特別上質で、気品と威厳に溢れているからだろう。

秋成は真横に座るイズディハールにひたと見つめられているのを意識し、カップをソーサーに戻す動作がぎこちなくなった。視線に熱っぽさを感じる。どうかそんなふうに見ないでくださいと頼みたかったが、万一勘違いだったならあまりにも自意識過剰で恥ずかしい。畏れ多くて、とても口に出せなかった。

イズディハールにも秋成の当惑が伝わったのか、不躾《ぶしつけ》さを反省したようにフッと苦笑して秋成から目を逸らし、ティーカップを持ち上げる。

いつものことだが、どちらも口数が少ないので、喋っているより黙っている時間の方が多い。それでも気まずくなったり居づらさを感じたりすることはなく、無理に会話の糸口を探さなくてもいい、わかり合えた心地よさがあった。

時間の流れまでがゆったりとして感じられる。

ときどき目が合った。

そのたびに秋成の胸はジンとなり、トクトクとした鼓動が耳まで届くようだった。下半身も張って疼きだし、困ってしまう。

カチャリと音をさせ、イズディハールが手に持っていたティーセットをローテーブルに置いた。

「秋成」

イズディハールの声には、どこか心を決めたような響きがあった。

呼びかけられた秋成まで緊張し、次に何を言われるのかと身構える。

イズディハールのまなざしは真摯で情熱的で潔く、誠意と愛情に溢れていた。真っ直ぐに揺るぎなく秋成を見つめてくる。

「もう俺は、ここでこうしているばかりで自分の本心をごまかす気が失せた」

唐突にイズディハールが決意に満ちたセリフを吐いた。

「本当はもっと違うことがしたいのに、こんなふうについ紳士ぶってしまう。欺瞞《ぎまん》だらけの自分に嫌気がさす」

「殿下……」

それはどういう意味ですか、などと不粋な質問をして時間稼ぎすることはできなかった。イズディハールの本気が痛いほど伝わってくる。

秋成はこくりと喉《のど》を鳴らし、瞳を動かすこともできず、その場に縫い止められたような心地で、じっとイズディハールの顔を見つめるばかりだった。

たぶん秋成の気持ちもイズディハールと同じだ。この期に及んで取り繕うつもりはない。

「秋成、愛している。俺はきみのすべてを愛している」

唐突に、信じられないほど熱い告白をされ、秋成は頭の芯が痺れ、幸福のあまり眩暈《めまい》がした。

かつて秋成にそんなことを言ってくれたのは、両親だけだった。他の誰からも愛された記憶はない。秋成は両親亡き後、ずっと気が遠くなるほどの孤独を味わい続けてきた。皆、秋成の抱える特殊性を本能的に察しているかのごとく、秋成を疎んじ敬遠する。普通に受け入れてもらうことさえ望み薄だったのに、雲上の存在に等しい高貴な人の口から、もったいなさ過ぎる言葉をもらった。聞き間違いではないかと怖くなる。

「嫌か。俺がきみに触れるのは」

イズディハールはさらに熱の籠もる口調で秋成の気持ちを確かめようとする。何より秋成の意思を大切に考えてくれているのがわかり、感動すら覚えた。

「きみが男でも女でも構わない。俺にとって大事なのは、きみがきみであることだけだ」

秋成はもう抗えなかった。最初から拒絶する気はなかったのだ。これ以上焦らすのは、あまりにも自分の気持ちに不実だった。

「どうか殿下のお望みのままに私をお扱いください」

「それは、確かにきみ自身の望みか?」

イズディハールは慎重に問い返す。秋成が無理をしていないか、探るような視線を向けてくる。欲しいのは秋成の本心だ。義理や同情はいらない。イズディハールの目はそう語っていた。

「はい」

秋成は躊躇わず、はっきりと答えた。

「私もあなたが好きです。お言葉、嬉しすぎて……半信半疑で戸惑っています」

「秋成」

秋成は座ったまま、いきなりイズディハールに抱き竦められた。

「殿下、……あっ」

「疑わせない。俺は本気だ」

顎を掬《すく》われ、口づけられる。

口唇を合わせるだけのキスですら、秋成を酔わせ、夢心地にした。キスだけならば普段からもっとずっと濃密な行為をしているはずだが、それとは気持ちの昂ぶり方が違う。幸福のあまり目尻《めじり》に透明な粒が浮き出てきたほどだ。嬉し涙というのがあることを、秋成は初めて実際に知った。

「秋成、殿下はなしだ。俺のことはイズディハールと呼べ」

イズディハールは秋成の唇を指先で辿り、優しく注意した。

秋成が遠慮がちに頷くと、イズディハールは満足げに笑い、「こちらへ」と秋成の腕を引いてソファを離れた。

イズディハールについて階段を上りながら、秋成の心臓は壊れそうなほど高鳴っていた。

これからどうなるのか想像もつかず、期待よりも不安と心配で頭がいっぱいだ。

性の営みは知識として知っているだけで、実際には何もわかっていない。自分の体で果たして男を受け入れられるのかどうかも定かでなく、イズディハールを失望させたらと思うと怖かった。

イズディハールは自室に入り、さらに扉を開けた隣の寝室に秋成を連れていった。

紗《しゃ》織りの絹の天蓋付きベッドが据えてある。別荘全体の雰囲気に合わせた中世風の簡素なデザインのものだが、キングサイズでいかにも寝心地がよさそうだ。

「きみは何も考えなくていい。精一杯優しくする」

秋成のシャツブラウスに手を伸ばし、くるみボタンを一つずつ丁寧に外していきながら、イズディハールは言った。

低く抑えられた色気のある声に秋成はぞくりとする。

肩から薄手の衣服を滑り落とされ、次にスラックスのベルトを外された。

覚悟はつけていたはずだったが、この期に及び、頭の中で急に不安が嵐《あらし》のように吹き荒れだす。

秋成は動揺し、このまま先に進んでいいのかどうか悩んで、自信をなくしてきた。

「あの、……イズディハール、私は……」

「今さら待ったはなしだ。きみの体のことはちゃんと知っている。悩まず俺に委ねてくれ」

弱気になった秋成の言葉を遮り、イズディハールはきっぱり断じた。

「きみといると俺は堪え性のない欲張りな男に成り下がる。これがわかるか」

イズディハールは秋成の手を取ると、自らの股間に導いた。

硬く猛《たけ》った欲望を衣服越しに確かめさせられて、秋成は息を呑み、恥じらった。

「きみのせいだぞ。責任、取ってくれるな、秋成?」

耳の傍で艶《つや》っぽく囁かれる。

秋成は睫毛を揺らし、どぎまぎしすぎて掠れかけた声で「はい」と答え、目を閉じた。

※

真っ白い絹のシーツに横たわった秋成の体は微かに震えていた。

イズディハールは愛情と労《いたわ》りを込めてしなやかな細身を抱き締め、唇を塞いだ。

肌と肌を合わせ、互いの熱や匂いを感じながらの口づけは、イズディハールに深い陶酔と悦楽をもたらした。

「ようやくきみをこうして腕に抱けた」

歓喜で胸がいっぱいだ。

イズディハールの腕の中で、秋成はどうすればいいのかわからないようにじっとしている。いくら心配いらないと繰り返し告げても、初めての経験に不安が拭い去れない様子だ。長い睫毛がときどき心許なげに揺れ、平たくなめらかな胸は可哀想なほど動悸《どうき》を速くしている。

今、イズディハールの腕の中にいるのは、軍服を着て颯爽《さっそう》とし、鮮やかに剣を使ってみせたのとはまたべつの、初々しくて頼りなげな秋成だった。

イズディハールは秋成の小さな唇を何度も吸い、指通りのいい髪を梳《す》く。

そうやって少しでも秋成がリラックスして落ち着くのを待った。どれほど欲情が募っていても、イズディハールは自分本位なまねをして秋成を傷つけたり怖がらせたりするつもりは毛頭ない。秋成にも気持ちよくなって満たされて欲しいのだ。

頬や額、顎、そして首筋へと、キスを散らしながら移っていく。

次第に秋成の体から強張《こわば》りが解けてきて、肌に唇を滑らせるたびにピクンと感じて僅かに身動ぐようになった。

乳首も尖って硬くなっている。色素の薄い乳首に金の輪が嵌っているのが、とてもエロティックだ。赤い色も白い肌によく映える。イズディハールは、こんなものを付けさせて申し訳ないと感じる一方、もし秋成が嫌でなければ、発信器など仕込んでいない本当の宝飾品を新たに作らせ、取り替えたいとも思う。

金の輪をそっと摘んで引くと、秋成はたちまち身を仰《の》け反《ぞ》らせ、あえかな声を上げた。

「あっ、……あ、……んっ……！」

痛みからというより、官能を揺さぶる悦楽を感じてのことらしい。眉を寄せ、薄く唇を開いた表情がどこか恍惚《こうこつ》としている。すぎるほど感度がよくて、僅かな刺激にも腰を小さく跳ねさせる。それをどうやって受け留めればいいのかわからないようで、縋《すが》るような目でイズディハールを見るさまが可愛らしかった。もっと喘《あえ》がせてみたくなる。

イズディハールは右の乳首を唇で挟み、音をさせて淫らに吸ったり舌先で嬲《なぶ》ったりしながら、リングに貫かれた乳首を指で捏《こ》ねて弄り回した。

「い、いやっ……うっ、うっ、……あぁ……っ」

秋成は怺《こら》えきれぬように全身を身動がせる。シーツに下ろしていた腕を上げ、イズディハールの肩を摑む。しなやかな足は、ひっきりなしに膝を立てたり伸ばしたりして、いっときもじっとしていなかった。

腹に敷き込んでいた秋成の足の付け根のものが、徐々に硬度を増してくる。

イズディハールは散々両の乳首を指と口で愛し尽くすと、脇腹や臍《へそ》、下腹へと的を変えていきながら体をずらしていく。

初めて他人に許したのであろう秋成の体は、どこに触れても敏感に反応し、イズディハールを愉《たの》しませた。

薄い下生えに指を絡ませる。

「あ、……あのっ」

秋成が恥じらって狼狽え、頭を上げかけたのを、イズディハールはやんわり肩を押さえてシーツに戻す。

「見せてくれ、きみのすべてを」

「でも、私は醜いです」

秋成は右腕を顔の上に翳《かざ》し、嗚咽《おえつ》を呑むように小さく喉を鳴らすと、手の甲で口元を押さえた。

「そんなふうに思うのはやめるんだ。きみは自分でしっかり確かめたことがあるのか」

「ありません。できるだけ考えないようにしなければ、とても生きてこられませんでした」

覚束なげに震えていても秋成の声は玲瓏《れいろう》として美しい。

「なら、俺が教えてやろう」

イズディハールは優しく言うと、内股に手を入れて秋成の足を割り開かせた。

中心にかなり小振りの陰茎がある。愛撫《あいぶ》に感じて張り詰め、くすんだ薄紅色の先端が覗く様は、本人が自覚するとおり、秋成の性が男性の方により傾いている印象を強める。陰茎の後ろには小さいながら陰嚢もあり、平常時に前からぱっと見ただけでは違和感を覚えることはないだろう。

「綺麗な色と形をしている」

秋成の陰茎を握り込み、きゅっきゅっと揉《も》んだり扱《しご》いたりしながら、イズディハールは思ったままを言葉にする。

「い、いいです、おっしゃらなくて……」

あっ、あっ、と小刻みに喘いで頭を左右に振り、秋成は耳朶《じだ》まで赤くして恥ずかしがる。

イズディハールは秋成が可愛くてたまらず、乱れるところをもっと見たくなった。

付け根を指で支え、勃起《ぼっき》した茎を口に含む。

「……あぁっ……！」

舌を絡ませ全体を吸い上げると、秋成は悦楽に満ちた声を上げた。

口の中で秋成の欲望がピクピクと脈打つ。

舌先で裏筋をなぞり、括《くび》れのあたりを擽《くすぐ》って、先端の割れ目を押し開くようにしてつつく。

「あぁ、だ、だめ……だめです、……あっ」

秋成は全身を突っ張らせ、腰を突き上げるようにして僅かばかり浮かしては落とす。手はシーツをまさぐり、引き摑む。

隘路《あいろ》から先走りが滲《にじ》み出てきたのが苦みを帯びた味がしてわかる。

秋成は胸を上下させて喘いでいた。

両の乳首は赤身を増して淫らに尖ったままだ。イズディハールは陰茎を根本まで銜《くわ》え込んで舐《な》めしゃぶりつつ、乳首も刺激した。直《じか》に摘んで磨り潰すようにしたり、金の輪に爪をかけてキュッと引っ張ったりして苛《いじ》める。

「あぁぁっ、いやだ、しないで」

大きく仰け反らせた顎を震わせ、身を捩《よじ》って股を閉じ、イズディハールの愛撫を逃れようとする。

「だめだ、開いていろ」

イズディハールは勃起から口を離すと、秋成に先ほどよりもっと大胆に足を開き直させた。片足を膝が胸につくほど折り曲げさせる。

秋成はひくっと喉を上下させて喘いだ。全身がしっとり汗ばみ、上気している。瞼はしっかり閉じていた。睫毛の端に朝露のような滴が一粒引っかかっており、イズディハールがそっと指で掬い取ってやると、秋成はじわじわと目を開き、照れくさそうに潤んだ瞳を向けてきた。

「きみを愛してる」

「……はい」

イズディハールは秋成と口を合わせ、舌や唇を小刻みに吸う深いキスを続けながら、下肢に伸ばした指を陰嚢の奥の秘裂《ひれつ》に忍ばせた。

柔らかで繊細なつくりの割れ目に触れる。

「あ……っ……」

唇を離すなり秋成がせつなげに喘いだ。

「濡れてる」

「いやです、言わないでくださいっ」

秋成の狼狽《ろうばい》ぶりは前を弄っていたときの比ではなく激しい。

無理もなかった。ここで感じるのは秋成にとって、困惑以外の何ものでもないのだ。

「恥ずかしがることはない。俺に隠し事をする必要はないんだ、秋成」

イズディハールは秋成を優しく宥め、「よく見せてくれ」と耳元で低く囁いた。

秋成は声にまで感じたのか、ぞくっとしたように身を竦め、俯く。

その火照った頬に軽くキスをして、イズディハールは秋成の下半身に顔を近づけた。

窓から差し込む日の下で、開かせた足の間を確かめる。

薄く盛り上がった柔らかな肉襞《にくひだ》を二指で注意深く分けると、潤みを帯びた薔薇《ばら》色の器官が露わになった。ハミードを納得させるために一度検査でここに指を入れてみてはいたものの、こうしてじっくり眺めるのは初めてだ。

「とても綺麗だ」

イズディハールは心から感嘆した。

「本当……ですか」

秋成が自信なさげに、おずおずと聞き返す。

「ああ」

言っている間にも透明な愛液が奥から溢れてきて、陽光を受けてきらりと煌《きらめ》く。

イズディハールは欲情を湧かせ、誘われるまま、人差し指をぐっしょり濡れた複雑な造形の内部に伸ばした。

「んっ……！」

秋成が身を強張らせる。

少しまさぐると、やがて奥へと続く深みが見つかった。そのまま慎重に指を沈ませる。

潤みきった中は熱く、吸い付くようにきつい締め付けをみせた。

「……うっ、……い、痛い……っ」

第一関節を過ぎたあたりで、秋成の口から堪えきれなくなったような苦鳴が洩れた。

やはり無理か、とイズディハールはすぐに指を抜く。

これだけ濡れていればもしかして、と思ったのだが、やはり秋成のここは未発達で狭すぎ、人差し指一本迎え入れるのも辛そうだ。前に調べたときもあまりの窮屈さに驚き、指先を入れただけで引いてしまった。ハミードも、まぁそんなところでしょうとばかりに肩を竦めただけで、あっさり検査の結果は白だと認めたのだ。

「すみません」

イズディハールがあっという間に秘所から手を引いたため、秋成はかえって慌てたようだ。

つい痛がって声を上げてしまったことを、申し訳なさそうにイズディハールに謝る。

「無理をさせるつもりはない」

大丈夫だとイズディハールは首を振り、それでもなおも気にして顔を歪《ゆが》ませる秋成を、両腕で抱き締めた。

「……ですが」

秋成ははにかみ、きまり悪げに身動ぐ。

猛ったイズディハールの欲望の証《あかし》が、秋成の引き締まった下腹に当たっているからだろう。秋成も、イズディハールがどうにかしてこの昂《たかぶ》りを収めなければ済まないことは、承知しているのだ。

「私は、どうしたらいいですか？」

控えめに秋成が聞く。顔は羞恥で真っ赤だ。無知で、こういう不粋な質問をする自分が嫌でたまらない、さりとて聞かなくては本気でどうしていいかわからない。そんな切羽詰まった気持ちが伝わってくる。なんとかしてイズディハールを受け入れたがっていることも感じ取れた。

イズディハールは秋成の真剣さとけなげさ、情の深さに胸が詰まりそうだった。

愛しさが込み上げ、秋成を抱く腕に力が籠もる。

「もう一度キスからだ」

イズディハールが言うと、秋成は素直に目を閉じ、唇を緩めた。

柔らかな口唇を啄み、粘膜が触れ合う感触を堪能した後、舌で口の中をまさぐる。

口づけだけは秋成を引き受けたときから毎晩交わし続けてきたため、秋成も慣れて上手になってきた。イズディハールに応えて、ときどき自分からも舌を絡めたり、唾液を啜ったりする。

湿った音をさせ、濃厚なキスを交わすうち、イズディハールばかりでなく秋成の体もまた熱を帯びてくる。

「秋成」

イズディハールは秋成の体中をまさぐり、至る所に唇を這《は》わせた。

感じやすい首筋や乳首、脇はもちろん、細い手や腕、白く綺麗な背中、内股、そして足の指の一本一本にまで、宝物を扱うように口づけする。

秋成は次第に息を荒げだしてきた。肌はほんのり桜色に染まり、薄く汗ばんでいる。まなざしには欲情を孕《はら》んだ艶っぽさが窺えた。

受け身でばかりいるのに飽き足らなくなったのか、とうとう秋成もイズディハールの体に指や唇を辿らせ始めた。見よう見まねで、イズディハールが秋成にしたようにして返す。拙いながら、そうせずにはいられない情動に衝かれた熱心さがあって、イズディハールは体に受ける行為以上に感じ入り、悦楽に満たされた。

体勢を入れ替えてイズディハールが下になり、秋成がしてくれる愛撫に身を任せる。

厚い胸板にぽつりと出た小さな突起をぎこちなく吸われ、イズディハールはくすぐったさに眉を寄せつつ秋成のさらりとした髪を優しく撫でた。多少は感じるが、秋成ほど乳首は敏感ではない。

イズディハールは秋成が少しずつ愛撫する場所を下半身に向けて下ろしていくのを、期待と躊躇いを半々に抱きつつ興味深く見守った。

果たして秋成は、イズディハールの屹立《きつりつ》した雄芯《おしん》を目の当たりにして、どんなふうに反応するのか。想像するだけで愉しい。銜えて舐めたりしゃぶったりできるのかどうか、そんなことまで初めての床でさせていいものなのか、いろいろ考え、迷う。イズディハールとしては、秋成にはべつに何もしてもらわなくてもいいつもりでいたのだが、実際されだすと欲が出る。

案の定、秋成はイズディハールの股間を見て微かにたじろいだ。しかし、すぐに気を取り直すと、濃い茂みを軽く撫でた後、嵩《かさ》のある張り詰めきった陰茎を手で摑み、先端を口に含んだ。

思わずイズディハールは心地よさに「くっ」と声を洩らしていた。

温かく湿った口の中に取り込まれ、舌を這わされる。

強弱をつけて吸引されたり、手で扱かれたりもした。

気持ちよさに、鼻から満悦しきった息を吐く。

イズディハールは秋成のしてくれる心の籠もった奉仕に酔いしれながら、枕の下に忍ばせておいた潤滑剤入りのボトルを取り出す。

「秋成、そろそろまた俺にもきみに触れさせろ」

こちらに背中を向けて跨《また》るよう促すと、秋成は最初恥ずかしがり、勘弁してくださいと抵抗した。それでも結局、イズディハールが重ねて望むと断り切れずに折れ、ぎこちない動作で足を開き、イズディハールの体に跨った。この格好で上体を這い蹲《つくば》らせると、恥ずかしい部分が丸見えになる。

秋成は躊躇い、当惑しきってイズディハールを肩越しに振り返り、どうすればいいのかと伺うような目をする。

「さっきはとても気持ちがよかった。もう少ししてくれないか」

素知らぬ顔で少々意地悪をする。

葛藤《かっとう》した挙げ句、秋成は恥辱にまみれることより、イズディハールを大事に思う気持ちを勝たせたらしい。覚悟を決めてからは実に潔く、恥ずかしい姿を晒しながら下半身に顔を埋め、硬く膨らんだ陰茎への口淫《こういん》を再開した。

愛されているのがひしひしと身に沁みる。

イズディハールは秋成の湿った秘所の割れ目に添って舌を辿らせ、熱い中を掻き回す。そのうち奥から愛液が滴ってくると、柔らかな肉襞を唇で挟み、淫猥《いんわい》な音を立ててそれを啜った。

「んっ、……ん、……あ、あぁあ……っ」

秋成は口に余る大きさのものを銜えたまま、小刻みに腰と足を痙攣《けいれん》させ、たまらなさそうに嬌声を上げた。シーツに突いた膝もガクガク震える。挿入は難しくても、弄られれば男性器同様にかなりの快感を得られるらしい。

前を握って確かめてみると、陰茎も勃《た》っていた。軽く扱いただけで、先端の隘路に先走りの蜜《みつ》を浮き上がらせる。刺激の仕方によっては、男の部分でも女の部分でもいけるのではないかと思うほど、どちらも感度がいい。

秋成はもはやイズディハールのものに構う余裕をなくしていた。交互に性器を愛撫され、あられもなく感じて身悶《みもだ》え、イズディハールの下半身に縋って喘ぐばかりになっている。

頃合いを見て、イズディハールはボトルを開け、とろりとした潤滑剤を右手の指の腹に取った。

それを、まだ一度も触れずにいた後孔の周囲に擦り付ける。

「イズディハール……、そこは……！」

しどけなく伏してぐったりとしていた秋成が、焦って身を起こし、腰を退《ひ》く。

イズディハールは無理やり引き止めなかった。体を離してシーツの上に座り込んでしまった秋成と向き合い、穏やかに言う。

「駄目ならしない」

「そ、そうではなくて」

秋成はうまく言葉にできないらしく、もどかしげに首を振る。

乱れた髪を掻き上げる仕草は緩慢で色気があり、イズディハールの欲求をますます掻き立てた。秋成の体も愛撫に昂揚《こうよう》し、とろけきっているのがわかる。

イズディハールは心と体の両方から、熱意を込めて率直に秋成を求めた。

「きみと一つになってみたい。嫌か？」

「いいえ」

躊躇いと不安を払いのけるように秋成が返事をする。

決して嫌がってはいないようだが、未知のことに戸惑い、怖がっているのだ。

「優しくすると最初に約束しただろう。俺を信じろ、秋成」

「……はい」

イズディハールの力強いまなざしに秋成も意を決したらしかった。

元のとおり、イズディハールの上に逆さ向きに身を被せて伏す。

いざとなると秋成は潔い。

この潔さこそ、初めて秋成を知ったとき、凛《りん》とした姿から受けた印象そのままだ。一目見ただけで忘れがたくなり、近づいて話をしてみるや惚《ほ》れてしまった、イズディハールを虜にしてやまない秋成だった。

心の底からふつふつと愛情が湧いてくる。

イズディハールは秋成さえ得られるなら他に何もいらないと思うまでに激情を募らせた。

再び秋成が唇に含んで愛し始めた雄芯をいっそう硬くして、秋成を戦《おのの》かせる。

あらためて濡らした指を、秋成の慎ましく窄《すぼ》んだ後孔に差し入れる。

初めは一本、中指を潜らせた。

緻密な襞を押し開き、ぐぐっと狭い器官を広げて付け根まで押し込む。

「あぁ、あっ……！」

秋成は喉を突く大きさの陰茎を口から離し、身を竦ませて押し殺した悲鳴を上げた。

中がきつく収縮し、イズディハールの長い指を引き絞る。

だが、まだこちらの方が未発達な女性器よりは柔軟で、痛みも耐え難いほどではないようだ。

しばらくゆっくりと中で指を動かしてやるうち、締め付けが若干緩んできた。秋成の声にも艶が交じりだし、僅かずつでも快感を得始めているのが察される。

イズディハールは潤滑剤を足して指をもう一本増やした。

「あああっ、だ、だめ……、痛いっ、痛い、イズディハール……ッ！」

秋成が背中を反らして泣く。

「あと少しだけ我慢してくれないか。愛してる。きみが欲しい」

欲しがっているのは秋成も同じらしく、労りを込めて尻や背中に口づけを散らし、前に手を伸ばして萎えかけていた陰茎を優しく揉みしだいて刺激してやると、今度は感じて喘ぎだしてきた。

中指と人差し指を揃えた太さに、後ろも次第に馴染んでくる。

二本の指で奥まで抉り、少しずつ抜き差しするスピードを上げていきながら、イズディハールは秋成の陰茎にも本格的な愛撫を施した。

「あっ、あっ、……あぁ、あっ」

頂点が近づくにつれ秋成の乱れ方が激しくなる。

「や、やめて、やめてください、もう！」

「なぜ？　秋成、いきたいだろう。いっていい。きみがいくところを見せてくれ」

「だめ、……だめです、本当に、……あぁっ、出る、お願い、出てしまうっ」

よほど恥ずかしいのか、秋成は切羽詰まった声で叫びだし、啜り泣き始めた。

「俺も後で同じになる。秋成、きみの反応は皆と一緒だ。恥ずべきことじゃない」

イズディハールの言葉が秋成の緊張を和らげたらしく、直後に秋成は一際艶やかな嬌声《きょうせい》を放ち、硬くしていた陰茎から白濁を吐き出し、イズディハールの腹の上で果てた。

「秋成」

イズディハールは感動し、涙を零しながら喘ぎ続けている秋成を抱き寄せ、目尻や額にいくつもいくつもキスをした。

秋成もけなげに応え、乱れた息をつきつつイズディハールの頰や唇にキスを返す。

「……欲しい、です。イズディハール……、私にも、あなたがいくところを見せてください」

「ああ」

イズディハールは恍惚とした表情の秋成をそっとシーツに仰向けに横たえると、腰の下に高さのある大きな枕を宛《あ》てがい、両足を曲げて宙に浮かせ、大胆に開かせた。

秋成の後孔は濡れそぼち、淫らな収縮を繰り返している。

イズディハールは硬く勃起した先端を襞の中心に押しつけ、ぐっと腰を進めた。

秋成の体の中に、イズディハールの一部が入り込む。

「ああっ」

指とは比較にならない嵩を受け、秋成が怯えて身をずらしかける。意思とは関係なく無意識に体が動いたようだ。

「秋成、まだだ」

ここまできたら、もはやイズディハールにもやめられない。

細い腰を両手で引き寄せ、狭い器官を、内壁を擦り立てながら奥へと穿《うが》っていく。

「い、痛い……あっ、……あぁっ、あ」

「もう少し、許してくれ」

眉を寄せて耐える秋成が可哀想だったが、イズディハールはこの先にある法悦をいつか必ず秋成にも味わわせてやりたくて、初めての体を最後まで貫いた。

「あああっ」

奥まで突き上げられた秋成は、喉を露にし、背中を反らして悲鳴を上げた。

「入った」

イズディハールは満悦して感極まりながら、秋成の耳元で囁く。自分でもひどく色っぽい声を出していると感じた。

「わかるか、俺が？」

「わかります……」

ようやく落ち着いてきた秋成は、睫毛を伏せて初々しくはにかむ。

誰も知らない秋成を自分だけが知っているのだと思うと、イズディハールは深い満足と誇らしさを覚えた。

首筋や鎖骨にキスし、つんと尖った乳首を舐め、秋成を喘がせる。

そうしながら、腰も緩やかに揺すった。

「あっ、……あっ、……んんっ」

秋成の声に気持ちよく感じている響きが出てくる。

イズディハールは少しずつ秋成の官能を呼び覚まし、一緒にセックスを楽しめるよう、思いつく限りのことをした。

陰茎だけでなく割れ目も優しく弄ってやる。

「だめです、あっ、そこは、だめ！」

「感じているのにだめだと言うのか。嘘つきだな」

「いやだっ、……おかしくなるんです、だから」

「もっと乱れておかしくなればいい。乱れるきみはとても綺麗だ」

秋成のそこは次々と溢れてくる愛液でびっしょり濡れていた。

試しに注意深く指を差してみると、さっきより奥まで入れられた。秋成も痛がらない。体が昂揚してとろけきっているせいか、むしろ気持ちよさげに喘ぐ。時間をかけて慣らしていけば、いずれはこちらでもイズディハールを受け入れられるようになる気がした。それはそれで楽しみだ。

しっかりと下半身を繋げたまま、イズディハールは秋成を両腕で抱き竦め、隙間《すきま》がないほど体をくっつけ合わせた。

ずっと探していた半身にようやく出会えたような心地がする。

こうして二人でいる状態が自然で完璧《かんぺき》な気がするのだ。

「愛してる」

イズディハールは秋成の唇に誓うような気持ちで口づけした。

秋成はひたすら面映ゆそうにしている。こういうことには本当に免疫がなく、戸惑うようだ。頼りなさが前面に出て愛しい。守ってやりたいと強く思う。

イズディハールは秋成を腕にしたまま、控えめだった腰の抽挿を徐々に激しくしていった。

「あぁっ、あ、あっ、あ!」

内壁を擦られて生じる快感が痛みを上回ってきたのか、秋成は淫らな声を上げ始めた。体もイズディハールの大きさに馴染み、抜き差しがスムーズになる。

イズディハールは秋成の表情を見ながら、緩急つけて腰を動かした。

「ああっ、だめ、いやっ、いやだ、イズ……！」

秋成が惑乱したように叫びだしたところを、イズディハールは徹底的に追い上げた。

熱く湿った内壁がイズディハールの怒張を抱き締め、引き絞る。

一瞬頭がクラリとするほどの法悦が断続的に押し寄せる。

「秋成、……秋成！」

いく瞬間、イズディハールは細い体を折ってしまいかねないほど強く抱擁していた。

夥《おびただ》しい量の白濁を奥に浴びせかけられた秋成は、泣き喘ぎながら、イズディハールの腕の中で汗に濡れたしなやかな裸身をのたうたせた。

イズディハールは秋成の涙と汗にまみれた顔中にキスを散らす。

結婚しようと、ストレートなプロポーズの言葉が喉まで出かける。

だが、それを告げるには、イズディハールが現在背負っているものは大きすぎ、かえって不実になりかねない気がして、この場は慎重に口を噤《つぐ》んだ。秋成が抱えている問題も、本人にとってはイズディハールのそれに負けず劣らず大きなことだろう。

汗でしんなりとした髪を撫でつつ、イズディハールはぐったりとして目を閉じた秋成を愛撫し続けた。一時でも離しがたくて、そのまま秋成が眠ってしまってからも、ずっと腕に抱いていた。

淡く色づいた綺麗な乳首に目が留まる。

そっとリングに触れると、眠っていても体が感じて反応するのか、秋成の睫毛がふるりと震えた。

取りあえずいったんこれは外しておこうかと思ったが、下手なことをして秋成を起こすのは避けたかったので、今はやめようと考え直した。

レマン湖の別荘にはあと三日ほど滞在する予定でいる。

侍従も側近も女官もいない、二人だけの時間だ。

図らずも初日からこんな展開になり、イズディハール自身、己の大胆さとがっつきぶりに呆れている。もう少し冷静でいられるかと思っていたが、歯止めが取れた途端、理性のタガまで外れたようだ。

むろん後悔はしていない。

イズディハールにとって今日という日は、今まで生きてきた中で最も幸福を嚙み締める日になったのだ。

Ⅳ

　五日ぶりにイズディハールと共にシャティーラに戻った秋成《あきなり》は、すでにここが自分の故郷であるかのごとき錯覚を受け、我ながら変わり身の早さに驚いた。もう少し印象のいい言葉に置き換えるなら、順応の早さということになるだろうか。

「ふうん。どうやら兄上とやっといい関係になって、蜜《みつ》の日々を過ごしてきたようだな。一段と色気が増して当てられそうだよ」

　私邸に帰った日の夜、さっそく晩餐《ばんさん》を一緒にと押しかけてきたハミードに、秋成は挨拶《あいさつ》を交わすより先にからかわれた。

「よさないか」

　羞恥《しゅうち》に困惑する秋成に代わり、イズディハールが顔を顰《しか》めてハミードを睨《にら》む。

　同じ顔、同じ体格をしていても、秋成には二人はまるで異なる存在だ。やはりハミードの方が、国の跡継ぎという重責を背負わずにすんでいる分、自我が強くてやんちゃな部分を残している。イズディハールと秋成のことも、他人事《ひとごと》として傍《そば》から成り行きを見ているだけで、単純に愉《たの》しんでいる感があった。

三人での晩餐の最中も、その後居間に移動してコーヒーを飲んでいても、ハミードはずっとこの調子だ。

決して嫌いではないが、対応の仕方が摑《つか》めず、苦手意識を拭《ぬぐ》い去れない。

イズディハールが一緒だと、ハミードも秋成にはめったに話しかけず、会話は兄弟のやりとりを中心に進む。秋成は傍でおとなしく聞いていて、ときどき相槌《あいづち》を打てばよかった。

ハミードにからかわれるのも道理で、秋成は五日間で自分が身も心も相当変わったのを自覚している。イズディハールに毎日何度も抱き締められ、ほとんどの時間をベッドで過ごしたのだ。

最初は生傷に塩を擦りつけられるくらい激しい痛みを感じたはずの秘裂《ひれつ》への挿入も、体が悦楽に痺《しび》れたときを狙《ねら》って繰り返し試みられるうち、とうとう人差し指くらいなら付け根まで入れても平気なまでになった。

何度もイズディハールの猛《たけ》った欲望を受け入れ、最初から感じる素質を露呈していた後孔は、さらにはしたなく貪婪《どんらん》な、性の快楽を得るための器官に作り替えられた気がする。

一度、これは外そうかと聞かれた乳首のリングも、結局そのままだ。付けている方が感度が増して秋成が悦《よろこ》ぶのを、イズディハールに見抜かれたからである。そのうちもっと綺麗な宝石を使ったピアスを贈ると約束されたとき、秋成は面映ゆさに目を伏せているしかなかった。

抱かれるたびに淫《みだ》らに、欲張りになっていく。

幸せであると同時に秋成は怖かった。

このまま自分の気持ちがイズディハールなしではいられないまでになってしまったら、どうなるのか想像もつかない。

イズディハールはいずれ王位を継ぐ高貴な身分、秋成と情を交わすのは一時的な気まぐれで、ずっと続くことではないのだ――そう繰り返し言い聞かせてはいるものの、イズディハールを慕う気持ちばかりは自分のことであるがゆえにごまかしようがない。

「ええ、一昨日のことですよ。マスウードの新たなテロ活動を警戒し、全土の要所要所に検問所を設けさせていたところ、思わぬ男が引っかかったというわけです」

どうやら二人はプライベートな話から国政に関する話題に移ったようだ。

秋成も耳を傾け、聞くだけ聞くことにする。マスウードの一件に、ザヴィアが一枚噛《か》んでいることは間違いないようだったので、その後どうなっているのか関心があった。現在、両国共に慎重に事実関係を調査中とのことで膠着《こうちゃく》状態に陥っているらしいが、万一ザヴィアに国家的裏切りがあったとすれば、国際社会的にもただではすまされなくなる。どうか何かの間違いであって欲しいと、秋成は祈るような気持ちだ。軍からは除隊され、家からも絶縁された身だが、ザヴィアが秋成にとって日本に次ぐ第二の祖国であるのは確かだ。自分の身は浮き草のようになっていても、無関係だと意識の上から捨て去ることはできない。

だが、ハミードの話はマスウードに関することではなく、反政府主義者たちのリーダーであるクタイバという男についてだった。

「クタイバとは、また思いがけない大物が網にかかったものだな」

「まったくです。俺も最初に警務庁長官から報告を受けたときには耳を疑いましたよ。あまりにも出来すぎた話だと思いまして」

クタイバ・ハキームは三十八、九の反政府活動家である。王政廃止を始めとするあらゆる国家の在り方に反対し、デモや暴動などを指導してきたとされる要注意人物だ。過激で暴力的な思想を持つことで知られており、特に三年前起きた大規模な暴動事件は諸外国でも有名だ。環境庁主催のコンベンションを中止させようと企てた一味が、一般市民数十人を人質にして会場内に立て籠《こ》もり、警官隊と激しい銃撃戦を繰り広げた挙げ句、人質、双方すべて併せて三十人あまりが死傷するという悲惨な事件があったのだ。これにもクタイバが深く関わっていたとされている。

イズディハールとフィエロン外相の会談が行われた際も、両国共に反政府主義者たちの動向には注意を払い、厳戒態勢を取った。

「これでクタイバもいよいよ年貢の納め時です。おそらく裁判で死刑が求刑され、少なくとも無期懲役以上の刑の確定は堅いでしょう」

「確かにあの男はやりすぎた」

イズディハールも厳しい表情でハミードに相槌を打つ。

「マスウードのテロ事件の方はまだカタがついておりませんが、そちらも早急に事実関係を明るみに出してみせますよ」

「ああ。頼む」

そのとき、執事が恭《うやうや》しくやってきて、イズディハールに国王からの電話を取り次いだ。

イズディハールはしばし思案する素振りを示し、ちらりと秋成を流し見た後、書斎で受けるのでそちらに回線を繋《つな》ぐよう命じた。

「悪いな、すぐ戻る。ハミード、くれぐれもよけいな言動は慎めよ」

秋成を気遣い、ハミードを牽制《けんせい》してから、イズディハールはディシュダシュの長い裾を大股《おおまた》に捌《さば》いて居間から出て行った。

「兄上も本当に心配性であらせられる」

二人きりになるや、ハミードはおかしそうに唇を曲げ、ニヤニヤしながら同意を求めるように秋成を見る。

「いや、きみに関することにだけ、特別心が穏やかでないだけというのが本当のところだろうな」

いかにも皮肉たっぷりの口調で言うなり、ハミードはわざわざ椅子《いす》を立ち、秋成のいるソファに座り直しに来た。

ハミードをすぐ間近にして、秋成は先日庭で会ったときのことを思い出し、身を硬くする。

秋成の明らかな緊張ぶりに当然気づいているであろうに、ハミードは素知らぬ顔で秋成を無遠慮に見据え、人の悪い笑みを浮かべる。

「どうやら兄上に女にしてもらったようだな、大尉」

「私はもう大尉ではありません」

秋成は動揺を押し隠し、できる限り平常心を保ったまま淡々と返した。ハミードのあからさまな物言いには有害な悪意こそ感じられないものの、ときどき品がなさ過ぎて対応に困る。おそらく、秋成が狼狽《うろた》え、恥じらってみせるから、ハミードは面白がって調子づくのだろう。それなら、何も感じていないふりをしてあっさり受け流すのが、一番効果的だと考えた。

ハミードは秋成の逆襲に愉快そうな笑い声を立てた。

「きみは不思議な人だね。強いのか弱いのかさっぱりわからない。それとも、体を許した相手には従順になるのかな」

「さぁ、どうでしょうか」

秋成はそっけなくあしらう。

しかし、ハミードの悪ふざけめいた揶揄《やゆ》は、これしきのことでは収まりそうになかった。

「兄上はそのうちきみを側室にと言い出すやもしれないな」

「まさか、そんな。あり得ません」

「なぜ？」

イズディハールとほとんど同じ声、同じ抑揚で喋《しゃべ》るハミードとこんな会話をしていると、秋成は次第に奇妙な気分になってくる。まるでイズディハールに問い質《ただ》されているような錯覚を起こしそうだ。

「それは、周囲が認めるはずがないからです。私もお受け致しません」

「意外だな」

ハミードは秋成の返事に心底驚いたようだった。

「周囲はともかく、きみはてっきりこの先兄上の傍に居続けるつもりかと思っていた。今のきみには、それが最も簡単で優雅で恵まれた選択だろう。少なくとも、俺は反対するつもりはなかった。おそらく兄上は、今頃、このことで陛下を説得している最中だろうよ」

今度は秋成が目を瞠《みは》る番だった。

「では、先ほどのお電話というのは……」

「今日の午後、俺のところに陛下から相談があった。旅行に行くよう兄上を焚《た》きつけたのは俺だが、陛下も兄上の今回のプライベート旅行を重く見ておられ、本当のところはどうなっているのかと探りを入れてこられた」

「陛下はきっと反対なされます」

「どうだろうな」

ハミードは秋成の心を試すように思わせぶりな言い方をし、意味深なまなざしを向けてくる。

秋成は少しずつ苛立《いらだ》ちを感じてきた。いくら辛抱強く礼儀を尽くした態度を保とうと努めても、秋成にも限界はある。

「第一、殿下はお忘れのようですが、私は男です」

「兄上が好きなら、この先の人生を女として生きればいいことだ。きみにはその選択肢がまだ残されている」

「簡単におっしゃいますね。でも、そんなこと、できるわけありません」

本当は性別に関する話題には極力触れずにいたかったが、秋成は言わずにはいられなかった。ハミードに、どちらでもいいではないかと軽んじられると、自我を否定されているようで辛《つら》い。

「だったら今すぐここから出て行くんだな、秋成」

ハミードはいざとなると背筋が凍りつくほど酷薄になる。

「二度と兄上の前に姿を現すな。兄上がきみを一刻も早く忘れられるよう協力しろ」

「……殿下」

真っ向から手厳しく断じられると、まだそこまでの決意はつけていなかった秋成は、心臓が冷えるような辛さを味わい、それ以上言葉が見つからず、絶句してしまった。

「いいか、はっきり言ってやる。きみがもし兄上の傍にいたいなら、選べる道は一つだけだ。女になって皇太子殿下の愛人として生きろ。それなら俺も賛成して陛下に取りなしてやる。おそらく兄上も、きみをどうしても得たければ、同じように考えるだろう。皇太子殿下である以上、兄上には正妃を迎えて世継ぎの子どもを作る義務がある。それさえ果たせば、兄上がプライベートでどれだけ愛人を寵愛《ちょうあい》しても、誰も問題にしない」

ハミードの言葉は鞭《むち》のように秋成の心を打ちのめした。

反論はできない。ハミードの弁はいちいちもっともだった。

秋成はくらりと眩暈《めまい》を感じ、頭を傾け、こめかみを押さえた。

女になるか、二度と会わないか——秋成にはどちらも簡単には選べない。鉛の塊を詰め込まれたかのごとく胸が重苦しくて、秋成は息をするのもままならなくなった。額がうっすら汗ばんできて、指先が覚束《おぼつか》なげに震えだす。

「おい」

いきなりきついことを言って秋成を追いつめすぎたと反省したのか、ハミードが軽く舌打ちし、秋成の肩に手をかけ、大丈夫かと顔を覗《のぞ》き込んでくる。

「すみません。大丈夫です」

「顔色が真っ青だ。俺は、べつにきみを否定しているわけじゃない。国と兄上を思う気持ちが強いだけだ。何より、きみにとっても、俺の言っているとおりにするのが一番の幸せではないかと考えてのことだ。言い方が冷酷すぎたのは、謝る」

「殿下のお気持ちは、私も承知しております」

秋成はやっとそれだけ言うと、ハミードの手をそっと肩から外させた。

「誰か呼ぼう。きみは少し別室で横になった方がよさそうだ」

「……でしたら、どうか、ズフラを」

「きみ付きの女官だな。わかった」

ハミードは秋成の背中にクッションをあてがい、背凭《せもた》れに深く座らせ直すと、呼び鈴を鳴らした。

秋成はそれをどこか遠くで聞く心地だった。

視界も紗《しゃ》がかかったように霞《かす》んでいる。自覚している以上に精神的なショックが大きかったようで、体にうまく力が入らなくなってしまっていた。

「どうした？」

ズフラより先に、ちょうど戻ってきたところだったらしいイズディハールが、異変に気づき秋成の傍らに駆けつけてきた。

「何があったんだ、ハミード？」

イズディハールは怒りを露《あらわ》にし、傍に立っていたハミードをソファに座ったまま見上げ、食ってかかる。

「おまえまた——」

「違います、イズディハール！」

今にも立ちあがってハミードに殴りかかりそうな勢いのイズディハールに、秋成は慌てて背中を起こし、腕を掴んで止めた。

「私が勝手に気分を悪くしただけです。殿下は関係ありません」

「秋成」

イズディハールは秋成の体を抱き寄せると、額に手を当てた。

「熱がある」

「きっと、旅の疲れが今になって出たのです」

「ああ。そうかもしれないな。ズフラ！」

イズディハールに呼びつけられて、それまで部屋の隅で固唾《かたず》を呑《の》んで成り行きを見ていた様子のズフラが足早にやってくる。

「秋成を部屋まで連れていき、寝かせてやってくれ。それから侍医を至急来させるように」

「畏《かしこ》まりました」

「秋成、俺はこれから王宮に出向かなければならなくなった。帰りは何時になるかはっきりしない」

「私のことはご心配に及びません」

こんな夜更けに出かけるなど、普通あることではないはずだ。秋成は、イズディハールが国王の怒りを買い、窮地に立たされているのではないかと、そちらの方を心配する。

「なるべく早く戻るようにする」

イズディハールは秋成の唇に唇を押しつけ、軽く啄《ついば》んでから離した。

「きみは、ベッドで安静にしているんだ。いいな？」

「そうします」

秋成が約束すると、イズディハールは端整な顔にホッと安堵《あんど》の表情を浮かべた。

参りましょう、とズフラに促され、秋成は先に居間を出た。

「さっきの話は気にしないでくれ、秋成」

扉の少し手前にいたハミードの傍を通るとき、ハミードが小声で詫《わ》びるように言ってきた。

秋成はハミードに、まなざしでわかりましたと返すと、会釈して行きすぎる。

「お具合はいかがですか、秋成さま」

長い廊下を歩いていく途中ズフラに聞かれたが、秋成は自分のことより居間に残ったイズディハールとハミードのことが気になって、半分上の空だった。

兄弟喧嘩《げんか》などしていなければいいと祈る心地だ。イズディハールはすぐ出かけなければならない様子だったので、口論している暇もなく、杞憂だろうとは思う。しかし、どちらも意志が強くて譲らない一面がありそうで、衝突したときのことを想像すると気が気でなかった。

自室に戻ると、秋成は、医者もベッドも不要と断った。

あの場ではイズディハールを心配させぬよう黙っていたが、体より精神的なものからくる発熱に違いないと自分でわかっている。

「それでは、以前ドクターが処方してくださった解熱剤だけでもご服用くださいませ」

でなければ万一のとき自分が皇太子に責任を取らされる、と言わんばかりのズフラに、秋成も嫌と断れなかった。

ズフラに差し出されたカプセル入りの薬と水を受け取る。

薬を飲むとき、一瞬、ズフラの黒い瞳が不気味にきらりと輝いた気がしたが、秋成は単に部屋の明かりが反射してそんなふうに見えてしまっただけだと思い直した。

「ありがとう。もう下がってもらって結構です」

秋成が丁寧に告げると、ズフラは畏まって一礼し、扉を閉めて出て行った。

一人になった秋成は、何もしていないといろいろと考え事をしてしまいそうで辛かったので、窓辺のカウチに腰掛けて読み差しの本を開いた。

好きな作家の小説本のはずだが、意識を集中させきれず、なかなか先に進めない。

そうこうしているうちに、今度は強烈な眠気を感じてきた。

「……おかしい……、こんな……」

ただの眠気ではない不自然な感覚に、秋成は遅ればせながらハッと気がついた。

「あ、あの薬……！」

そして同時に、唐突に頭に閃《ひらめ》くことがあった。今の今まで気づかなかったというのに、人の脳は不思議なものである。

あのときの女性がズフラだったのだ。間違いない。

秋成は薄れていく意識の中、今さらのように合点していた。

ホテルでの会談終了直後、秋成が待機室から廊下に出た途端、ぶつかりかけた相手の女性だ。顔はよく見なかったが、体つきと身のこなしに独特のものがあった。まるで待機室内の様子に、扉越しに聞き耳を立てていたかのような不自然な態度。今にして思えばまさにそんな気がしてくる。

ズフラと初めて引き合わされたとき、どこかで会ったことのある人のようだと感じたのは、やはり正しかったのだ。

ズフラが何者で、いったいどんな目的があって秋成に薬――おそらく睡眠薬――を飲ませたのかはわからない。

秋成はまたもや何かに巻き込まれようとしているのを悟り、性懲りもなく罠《わな》に落ちてばかりの自分の不甲斐《ふがい》なさに歯噛《はが》みするしかなかった。

※

イズディハールが私邸に戻ったのは、暁の頃だった。

国王との話し合いは堂々巡りするばかりでいっこうに埒《らち》が明かず、やむなくいったん引き揚げてきた。

いずれにせよ、この相談事はハミード抜きでは進められない。近いうちにまた、今度はハミードも交えた三人で話し合いの場を持つことになった。

無理を通そうとしているのは承知の上だ。難しいのはわかっているが、秋成の気持ちを考慮すると、イズディハールにはそれ以外に取る道がなかった。

秋成を失うわけにはいかない。

イズディハールの人生には秋成が必要だ。

その願いさえ叶《かな》うなら、後はどんな条件でも呑む決意をつけている。

もちろん、イズディハールは周囲の理解を得る前に早まったまねをするつもりはなかった。それはあまりにも無責任で、国に対する裏切りという重罪に値する。そんなことをすれば、誰一人として幸せになれないことは目に見えている。

だからこそ国王の理解と許しを求め、こんな時間まで説得を試みていたのだ。

残念ながら、今夜のところは進展しなかった。

執事の出迎えを受け、重い足取りで階段を上がっていく。

あと一時間もすれば夜が明ける。

秋成には朝食のテーブルで会えるのだから、それまで我慢して待つべきだと理性ではわかっていたが、どうしても今すぐ顔を見たくて抑えきれなくなり、イズディハールはそのまま秋成の居室へと足を向けた。

よけいな物音を立てぬよう、静かに扉を開けて三間続きの一番奥にあたる寝室に入る。

異変に気づいたのは、横になった痕跡《こんせき》をまったく留めていない空の寝台を見たときだ。

「ズフラ！　ズフラッ！」

呼び鈴を激しく打ち鳴らしながら、イズディハールは控えの間に向かって大声を張り上げた。

しかし、どういうわけか女官は現れない。

「どうなさいましたか、旦那様《だんな》？」

代わりに執事がきびきびとした足取りでイズディハールの傍にやってきた。尋常でない事態を予測して駆けつけてきておきながら、こんなときにも冷静沈着さを崩さない。

「秋成はどこだ。ズフラもいないぞ。これはどういうことだ！」

「えっ、まさかそのような」

どうやら執事は何も知らないらしく、無表情に徹しながらも内心驚き困惑しているのが、一瞬微《かす》かに引きつれた頬肉《ほおにく》の動きから見て取れる。執事の態度からするに、イズディハールが出かけた後、特に変わったことは起きなかったのだとわかる。何かあったなら執事が気づかぬはずがない。

「侍医は秋成を診察に来たのか？」

イズディハールは一時もじっとしておられず、室内を歩き回って何か手がかりになりそうなものが残されていないか確かめつつ執事に重ねて聞いた。

「はい。ただ、今夜お見えになったのはいつものドクターではなく、臨時の方でした。いつものドクターは急患でオペの最中だとのことで」

「臨時だと？　看護師は何人連れてきていた？」

「いつものようにお二方でございました。秋成さまのお部屋に三十分ほどおられまして、お帰りの際には私が玄関までお見送りしました」

「怪しいな。すぐにハミードを呼べ。それから、泊まり込みの者を全員起こして、邸内をくまなく捜索させてくれ。ズフラの部屋を真っ先に調べろ」

「畏まりました」

すぐに執事はイズディハールの命に従うため引き下がる。

邸内は夜明け前から全室に煌々《こうこう》と明かりが点《つ》けられ、七十名からいる従者や女官たちが動き回り、慌ただしい雰囲気に包まれた。

「兄上！　秋成がいなくなったとは本当ですかっ？」

ハミードも文字どおり飛んできた。執事から連絡を受け、取るものも取りあえず来たらしく、息せき切っている。

「何か心当たりは？」

イズディハールはハミードを睨《にら》み据え、単刀直入に切り込んだ。

「申し訳ありません、まさかとは思うのですが、……兄上のために女になる気がないなら即刻ここから出ていくようにと……」

「そんな馬鹿げたことをおまえは秋成に言ったのか！」

カッとして、イズディハールは目を剝《む》いた。

「我慢ならなかったのです。彼が兄上の愛情を無下にするのが」

「おまえはひどい勘違いをしている。俺は秋成に女であって欲しいわけではない。それどころか、秋成を男だと捉《とら》えた上で、この先一生彼以外の人は愛さないと心に決めたんだ」

「お言葉を返すようですが、それはあまりに現実を無視した、兄上らしからぬご発言ではありませんか。いくらなんでも……」

「旦那様、お話し中のところ申し訳ございません」

そこに突如、横合いから執事が恐縮しながら割り込んできた。一刻を争う報せがあるのだ。

「どうした。何かわかったか？」

イズディハールはハミードから執事に向き直り、先を促す。

ハミードもずいと一歩前に出て、食い入るように執事を見据える。

「ズフラの部屋を調べましたところ、このようなものが出て参りました」

執事が小さめの銀盆に載せてきたのは、赤いポケットチーフだった。壁とチェストの隙間《すきま》に落ちているのを見つけたらしい。

「これ以外はすべて持ち去られておりました。クローゼットの中は空っぽで、スーツケースも見当たりません。おそらく、本人が荷造りしたのだと思われます」

「ちょっと見せてくれ」

ハミードがスカーフの端を摘んで持ち上げ、素早く四隅を確かめる。

「やはり間違いない。これは反政府主義の連中が年一回大集会を開く際、メンバーの証《あかし》として身に着けるものだ。ここに個人の識別番号と、トカゲのマークが刺繍《ししゅう》してある」

「反政府主義……、まさか、クタイバか！」

イズディハールは予想外の成り行きに全身から血の気が引く思いがした。

迂闊《うかつ》だった。よもや、ズフラが反政府主義グループの仲間だったとは、今の今まで気づきもしなかった。身元のしっかりした良家出身の女性で、働きぶりも忠実だったため、信頼していたのだ。裏切られた気分になると同時に己の甘さを痛感させられる。後悔先に立たずだ。

「こうしてはいられない。兄上、秋成は連中に攫《さら》われたとみて間違いないようだ。秋成を人質に、警察に捕まって留置場に収監されているクタイバの解放を要求するつもりでしょう」

「くそっ、なんということだ！」

イズディハールは激しく舌打ちし、唇を噛み切りそうな強さで食い絞める。

裁判を受ければ、クタイバは十中八九死刑になる可能性が高い。極刑を逃れられたところで、終身刑だ。反政府主義のメンバーたちが、リーダーを救い出すために強硬手段に出たとしても、不思議はなかった。

「やはり臨時の医者というのは偽物だな。ズフラは最初から侍医を呼ばず、仲間を呼び寄せたのだ。そして、診察と称した三十分の間に、緊急避難用の地下通路から秋成を外に連れ出したのだろう。ズフラの手引きがあれば可能だ」

「面目もありません。誠に申し訳ございませんでした」

傍らで執事が深々と頭を下げて詫びる。

「兄上、例のもの、秋成はまだ身に着けていますか？」

ハミードに聞かれ、イズディハールははっとして、目の前が明るくなるのを感じた。

「そうだ、発信器があったな」

いつどこで何がどう役に立つか、わからないものだ。イズディハールは秋成に発信器を付けるよう強要されたことを、心の底から感謝した。おかげで秋成が拉致《らち》された場所を特定できる。

イズディハールはハミードと共に軍務司令本部に急行した。

すでに空は白み、いつもと変わらない朝を迎えている。

軍務本部に詰めていたスタッフは、突然揃《そろ》って現れたイズディハールとハミードに度肝を抜かれて動揺しきっていたが、報せを受けた中将が駆けつけ、指揮を執り始めると、あっという間に統制を取り戻した。

すぐさま緊急会議が開かれた。

警務庁長官と警察幹部数名も揃っている。

長円形の大きなテーブルに着席した各人の手元に、早急に準備された資料の束が配られる。正面の壁に嵌《は》め込まれたパネルに映し出された地図上で点滅している緑色の光は、秋成の発信器から送られてくる信号を捉えたものだ。光はぴたりと止まって動かない。

「発信器が示しているのはムドウワラ通り三丁目五番のこの家です」

中将の言葉に従い、パネルの地図が段階的にズームアップされていく。平面的な地図が３Ｄのコンピュータグラフィックで描かれた図面に変わる。通りの様子と建物の外観が現場にいるかのように見て取れる。

続いて画面は切り替わり、対象物を様々な角度から撮影した写真画像になった。この地区では平均的な大きさの、特に目立つところもない灰色の壁をした民家だ。

間取り図も出る。地上二階に加えて地下があった。地下のある民家は珍しい。

「本来は倉庫として造られたもののようです。おそらく、ローウェル元大尉はここに閉じこめられているのではないかと思われます」

「連中から何か連絡は来たか？」

イズディハールは焦って逸《はや》る気持ちを露にし、尖《とが》った声で警務庁長官に聞く。

「いいえ、今のところまだ入ってきておりません。ですが時間の問題でしょう。人質を盾にして、警察に要求を突きつけてくるとみて間違いありません」

「その前に一刻も早く秋成を救出してくれ」

「承知しております。殿下、どうぞ我々にお任せくださいませ。ご心配には及びません」

一分一秒も無駄にしたくない。

イズディハールの焦燥と苛立ちは募るばかりだ。

こうして会議のテーブルに着いているのもまどろっこしい。作戦を立てなくては身動きが取れないのはわかっているが、理性よりも感情が先走り、居ても立ってもいられない。万一秋成の身に何かあったときのことを考えると、胸が掻《か》きむしられるほど辛かった。

自分のせいで秋成をこんな目に遭わせてしまった、という猛烈な後悔がイズディハールを襲う。

イズディハールはテーブルに肘《ひじ》を突き、額に手を当てて項垂《うなだ》れた。

軍と警察の専門家たちによる作戦会議は続いている。

午前七時五分、緊急報告が入ってきた。

反政府組織と名乗る男から、人質を無事解放して欲しければクタイバ・ハキームを釈放しろという通告があったのだ。録音された声が会議室のスピーカーから流される。攫ったのは皇太子の保護下にあった外国人で、正午までに要求を呑まなければ手足を切断して目を抉《えぐ》り、遺体を道端に打ち捨てると言う。

想像以上の残虐さに、イズディハールは自分でもわかるほど青ざめた。

見かねた様子でハミードがイズディハールを会議室から連れ出す。

「お気を確かに。あんなものは単なる脅しです。秋成は我々が必ず救い出しますよ。救出作戦もほぼできています」

「ハミード、俺も行く」

イズディハールはハミードの言葉に被《かぶ》せる勢いで、きっぱり断言した。

「馬鹿なことをおっしゃらないでください！」

ハミードは一瞬の驚愕《きょうがく》の後、みるみる憤怒に顔を歪《ゆが》ませた。イズディハールの体を両手で摑み、強く揺さぶる。頼むから正気に返ってくれとばかりだ。

「絶対に行かせません！　あなたは、あなたはご自分をどなただとお思いなのか！　ただの人ではないのですよ。いい加減元の兄上に戻ってください」

「俺は俺のままだ」

イズディハールはハミードの懇願する瞳を真っ向から見つめ、ここに来てようやく過ぎるほどの冷静さを取り戻し、意を決して揺るがない気持ちを込めて言った。

「だが、秋成を知らなかった俺にはもう戻れない。俺は秋成と一緒になる。皇太子の座は、下りる」

「あ、兄上……！」

ハミードは息を吞んで固まった。

ここまでイズディハールが決意していたとは思ってもみなかったようだ。

生まれたときから共に育ってきた者の勘で、もう何を言っても無駄だと悟り、様々な感情を胸中で鬩《せめ》ぎ合わせたままなす術《すべ》もなく黙り込んでいるハミードが、イズディハールには自分のこと同然にわかる。

「……愛人では……、だめなのですか……？」

やっとハミードが声を絞り出す。

イズディハールは静かに、だがはっきりと、首を横に振った。

「俺はおまえに託したい。おまえに甘えているのは重々承知だ。おまえがいるから、俺はこんな無茶な決意ができた」

「嫌だとお断りしたら、どうなさるおつもりですか。次は第三王子に頼まれますか？」

「……ああ。だが、そうなると俺は悩むだろう。おそらく一生」

四つ歳下の第三王子ヤズィードに将来国政を任せるのは、正直不安だ。ヤズィードは悪い男ではないが、いささか軽率で放蕩《ほうとう》が目立つ。少なくとも今のままで国民の支持を得るのは困難だろう。

「たかが一人のために兄上はすべてをお捨てになると？　呆《あき》れたものだ。俺にはとうてい理解できない。秋成を憎みそうですよ」

ハミードはイズディハールから離した手で、ぐっと拳《こぶし》を握り、それをぶるぶる震わせた。

激情を押し殺そうとしているのがわかる。

「俺もずっとわからなかった。だから、おまえに理解できないのは無理もない話だ。誰かを好きになってみたら、たぶん俺の気持ちがどんなものかおまえにもわかるようになる」

「わかりたくもない！」

ハミードは癇癪《かんしゃく》を起こした子供のように激しい勢いで突っぱね、しばらくこのまま唇を引き結んで空を睨み据えていた。

「とにかく、俺は秋成を助けに行く。止めても無駄だ」

イズディハールは会議室に戻るため、踵《きびす》を返してハミードの傍を離れかけた。

「お待ちください、兄上」

ハミードが穏やかだが断固とした声でイズディハールを引き止める。かなり平常に近づいてはいたが、まだ声に、怒りと戸惑いが隠しようもなく交じっていた。

「そこまでおっしゃるならもう止めません」

どうやらハミードも意を固めたようだ。

イズディハールは体ごとハミードに向き直った。

「今すぐ特殊警備隊の制服を用意させます。それを着て警官たちの中に紛れてください。くれぐれも皇太子殿下とばれないようにお願いします。もちろん、会議室にいる面々にも内緒です。知られれば絶対ここから一歩も外に出られなくされるのは目に見えている。そうでしょう？」

「ああ。おまえの言うとおりだ」

イズディハールはハミードと目を合わせ、フッと苦笑した。

ハミードもニヤリとして微笑《ほほえ》み返す。

先ほどまでとは打って変わり、お互いを理解して完全に意志が通じ合っている手応えを感じる。

「もう、兄上には負けました」

ハミードは深い溜息《ためいき》に続けて、いっそ清々《すがすが》しげに言い放つ。

「今後のことはあらためてご相談させていただくとして、まずは、秋成の救出を成功させなくてはなりません」

そろそろ会議室では作戦行動が細部まで決定されている頃だろう。

イズディハールはハミードと肩を並べて歩く途中、自分と同じ顔をしたハミードの表情が、これまで以上に思慮深く引き締まり、自信と誇りに満ちて頼もしく見えることに気がついた。

どうやらイズディハールの強固な意志がハミードの気持ちにも少なからぬ影響を与えたらしい。

おそらく、これこそが人の上に立つ者の持つ顔だ。

ハミードの中に一つの決意が芽生えたようだと知り、イズディハールは感慨深い心地になった。

※

ガチャリと鉄製の扉が開き、トレイを手にしたズフラが近づいてきた。

秋成は壁に寄せて置かれた硬く狭い寝台の上で、膝《ひざ》を抱えた格好で薄い毛布にくるまっていた。

「あら、起きていたの」

ズフラの口調はイズディハールに仕えていたときとはまるで違い、ぞんざいだ。

秋成は口を閉ざしたままズフラを見ていた。

隙《すき》があればここから逃げ出したい。

天井のすぐ下に開けられた換気兼明かり採り用の横長の窓以外、外に通じているのは今し方ズフラが入ってきた鉄製の重い扉だけだ。ズフラは入ってくるとき、慎重に内側から鍵《かぎ》をかけていた。鍵はズフラが持っているはずだが、奪い取って逃げたところで、上の階にいるであろう仲間たちに気づかれずに済むとはとうてい思えない。ここはおとなしくしているしかなさそうだった。

「食事よ」

派手に陶器がぶつかる音をさせ、アルミ製のトレイを丸テーブルの上に置き、ズフラは腰に手を当て、秋成に顎《あご》をしゃくった。

「殿下のお屋敷で毎朝毎晩あなたが口にしていたものとはまるで比べものにならないだろうけど、何も食べさせてもらえないよりマシだと思いなさい」

ヒジャブで髪を覆ったズフラの気の強そうな顔に浮かんでいるのは、侮蔑《ぶべつ》と嫌悪だ。

秋成の身近に常に侍《はべ》り、入浴や着替えの手伝いなどを主に任されていたズフラは、秋成の体の秘密も、イズディハールとの関係も当然知っている。

「心配することはないわ。殿下のあなたに対する情けのかけようは尋常じゃなかった。きっと我々のリーダーを自由の身にするのと引き替えに、あなたを助けてくれるでしょうよ」

「きみの言うリーダーというのは、もしかして……？」

「クタイバ・ハキームよ」

ズフラは胸を張って誇らしげにその名を口にする。

秋成にもようやく事態が呑み込めてきた。たまたま昨晩、ハミードとイズディハールが逮捕のことを話していた反政府主義の指導者だ。クタイバを救うために、グループのメンバーたちは、大胆な手段に出たらしい。それだけ切羽詰まっていたのだろう。

「無駄だと思います」

まんざら嘘ではなく、秋成はズフラに感情を殺した声で言った。

「私はそもそも、二週間ほど前起きたテロ事件に関与した疑いを持たれて軍部の監視下にあった外国人です。そんな人間一人のために、暴動や仲間割れでこれまでに何十人という死傷者を出してきたクタイバを釈放するはずがない」

「ふうん、ずいぶん平静なのね。さすがは元近衛《このえ》の軍人さん。殿下に毎晩キスされて淫らな声を上げてるうちに、てっきり意識的には完全な女になったのかと思っていたけれど、そうでもなかったみたいね」

ズフラは嫌みたっぷりにクスクス笑い、胸の前で腕を組む。

「殿下は滑稽《こっけい》なほどあなたにのぼせてらしたから、きっと警察の上層機関の警務庁に働きかけて、クタイバを自由にするわ。イズディハール皇太子殿下の一言は、国をも動かすと言われているけど、大袈裟《おおげさ》でもなんでもない。殿下は国民に絶大な人気があるの。だけど、それもきっと今日で終わるでしょうね。正式な結婚もしないうちから外国人の愛人にべた惚《ほ》れした挙げ句、せっかく捕らえた反政府主義代表をみすみす解放する。我々は満足だけど、国民の間では大いなる非難が渦巻くんじゃないかしら？　殿下の人気は急落し、王室は権威を喪失するわね。一石二鳥とはまさにこのことよ」

「殿下は思慮深く公正な方です。黙ってきみたちの言いなりになるはずがない」

秋成は気丈に言い募った。

どんな目に遭わされても恐れないと突っ張れるほど強くはないが、イズディハールが自分のために理不尽な要求を呑まされるはめになるくらいなら、耐えるしかないと覚悟している。

「助けを待つつもり？　それこそ無駄よ」

ズフラは嘲笑《ちょうしょう》する。

「刻限の正午まであと四時間しかない。それまでにこの場所が特定できるだけの情報を、警察や軍部は持ってないの。諦《あきら》めるのね」

それはどうだろうか。

秋成は毛布の中でさりげなく胸元に手を当て、シャツの上から心臓の上に嵌《は》められたピアスを確かめた。

まだちゃんと乳首を穿《うが》ったままにされている。一通り衣服を調べられた痕跡はあったが、裸にまではしなかったらしい。

ここに発信器が仕込まれていることくらい、秋成も最初から承知していた。よもやこんなふうに役に立つとは、誰も予想していなかっただろう。

ズフラは秋成の様子など気にしたふうもなく、得意げに続ける。

「でも大丈夫よ。今頃殿下は蒼白《そうはく》になって関係各所のトップを集めた会議でもしているわ。手足を切られて目を抉られたあなたの無惨《むざん》な亡骸《なきがら》を見たくはないでしょうから」

そのとき突然、頭上からバリバリバリ、という耳障りな音が聞こえてきた。

「なっ、なに、この音……！」

虚を衝かれたズフラが動揺した声を上げる。

秋成は天井付近を見上げ、格子の付いた窓の外に見えている青空をしばらく注視した。

上空を豆粒のごとき黒いものが一瞬横切るのが見えた。

ヘリコプターだ。軍用ではなく、新聞社やテレビ局が取材に使用するタイプの、小型のヘリのようだった。警察のものかもしれない。

秋成は眉を寄せて、ヘリの意味を考える。

警察が威嚇のために飛ばしているのか、はたまた無関係な第三者が通りかかっただけなのか。

その間に、ズフラはバタバタバタと靴音を響かせ、慌てた様子で牢と化した地下室から出て行こうとしていた。上に戻って様子を確かめるつもりだろう。ガシャーン、と叩《たた》きつける勢いで扉が閉められ、抜かりなく鍵をかける音もする。

秋成はひとまず寝台から下り、さして広くない部屋の真ん中付近にあるテーブルに歩み寄った。

ズフラが運んできてくれた朝食が盆に並べられている。ロールパン二つにハムとチーズ、プラスチック容器に入ったままのコールスローサラダ、そして底が見えそうなほど薄いコーヒーとペットボトルに入ったままの水だ。

硬い木製の椅子を引き、安定の悪いガタガタするテーブルに着き、秋成は食事に手を付けた。

食欲はあまりないのだが、食べられるときに食べなければ、いざというとき体力が保てない。

上の様子はさっぱり窺《うかが》い知れなかった。

いったん途絶えていたホバリングの音が再びし始める。どうやら上空を旋回しているようだ。何が起きているのかわからぬ不安を、秋成は薄いコーヒーと共に無理やり呑み込んだ。

怖い。正直、怖くてたまらない。

「……イズディハール」

秋成はイズディハールの高貴で優しく逞《たくま》しい姿を脳裏に浮かべ、どうか無茶だけはしないでほしいと祈る心地になった。普段は冷静そのものだが、いざとなると驚くほど剛胆に、恐れ知らずに行動するイズディハールが想像できるだけに、秋成は心配だ。自分などのために誰かの反感や不快を買うようなまねはしてほしくない。今ここで別れることになったとしても、もう、秋成は十分すぎるほどの幸福をイズディハールによって授けられていた。これ以上欲張っては、すべての人に対して申し訳ないと思うくらいだ。

三度目にホバリングの音が近づいてきたとき。

いきなりドーンという腹に響くような重く迫力のある音がしたかと思うと、ガシャーンとガラスが割れて飛び散る音が聞こえてきた。

同時に、階上でバタバタと大勢が駆けずり回って暴れ、重いものが倒れるようなものすごい騒ぎと混乱が発生する。

秋成は鉄製の扉に駆け寄って、試しにノブを回してみた。

やはりビクとも動かない。

秋成は扉を拳で激しく叩き、ありったけの声を張り上げた。

「誰かっ、誰かいるのかっ！　いたらここから出してくれっ、誰か！」

すでにズフラも見張り役も近くにいないらしい。この騒ぎの最中なら無理もない。

どこからか銃声が響いてきた。

恐れと不安で心臓が凍りつく心地がする。

もし、イズディハールが上にいたら——？

まかり間違っても、そんな突拍子もないことがあるはずはない。頭ではわかっているのだが、一度ちらりとでも浮かんだ考えは簡単には消し去れず、悪い方にばかり想像を働かせてしまう。イズディハールが撃たれて怪我でも負ったらと思うと、心配でとても平静ではいられない。秋成にとって今最大の恐怖は、自分をこんなに愛してくれたイズディハールに害が及ぶことだ。

こうしてはいられない。

焦燥を強め、もう一度扉を叩こうとして、秋成はふと異変に気がつき背後を振り返った。

換気窓からもくもくと白煙が室内に流れ込んできている。

階上の煙が地下室にも入ってきているのだ。

咄嗟《とっさ》に火事かと思った。火事ならなおさらここに閉じこめられたままでは焼け死んでしまう。

恐怖に背筋が凍りつく。

しかし、すぐに秋成は火事の煙ではないと気づいた。

これは催涙弾が爆発したときに出る煙だ。

目に入れたり吸い込んだりしたらまずい。

すでに煙は秋成の頭上近くまで下りてきている。

秋成は身を屈めて寝台に走り寄ると、シーツを剝いで破り裂き、それにペットボトルの水をかけて濡《ぬ》らし、口元と鼻の下を覆う。

そして扉に張り付くようにして、再び鉄の板に拳を何度も叩きつけた。

催涙弾が使われている以上、警察が突入を開始した可能性は高い。

不意に複数の足音が聞こえてきた。階段を駆け下りてくる音だ。

ドン、ドン、ドン、と秋成は力を振り絞って扉を強く叩いた。

もう狭い室内には煙が充満しきっている。声を出したくても咳《せ》き込《こ》んでしまってうまく出せない。針が千本ほど突き刺さっているのではないかと思うほど喉《のど》が痛かった。目も痛い。涙が止まらない。膝が折れてその場に崩れてしまいそうになる。

「秋成だな?」

イズディハールの声が聞こえた。扉越しでくぐもってはいたが、秋成にはわかる。

「……イズディハール!」

やっぱり自ら来てくれたのだ。

無鉄砲なことをして、と泣き笑いしそうになる。少しも立場を弁《わきま》えないイズディハールの一途さが怖くなる。だがそれも、心の奥底から噴き出してきた嬉しさと安堵にすぐに取って代わられた。さっきまでとは別の涙が零《こぼ》れる。胸が悦《よろこ》びと感激で苦しい。みるみるうちに気力が戻ってきた。

鍵を外して扉が開かれる。

「秋成！」

「イズディハール！」

二人は同時に腕を伸ばして抱き合った。

勢い余ってそのまま一緒に床に膝を突く。

目の前に現れたイズディハールは、特殊警備隊仕様の戦闘服姿だ。ヘルメットにサングラスといった装備で顔を隠し、皇太子だとわからないようにしている。

イズディハールを援護する形で付き従ってきたのは、公務中常にイズディハールの傍にいる忠実な側近の男だ。

イズディハールはサングラスを外すと、人目も憚《はばか》らず貪《むさぼ》るように口づけしてきた。

口唇を強く吸われ、骨が軋《きし》むほどきつく抱擁される。

「よかった……、無事でよかった、秋成」

湿った声で言いながら、イズディハールは秋成の髪をぐしゃぐしゃに掻き乱して愛撫《あいぶ》する。

そうやって秋成の感触を確かめずにはいられないらしい。長い指が小刻みに震えている。こんなイズディハールは初めて見た。秋成の想像していた以上にイズディハールは気を揉《も》み、生きた心地もしないほど心配してくれたのだ。そう思うと、次から次に目尻《めじり》から熱い雫《しずく》が零れ落ちた。

「殿下、申し訳ありませんが、お急ぎください」

側近が気が気でなさそうに左右に警戒の目を配りつつ進言する。乱闘しているような不穏な物音、怒声、ガラスが割れる音などが四方からひっきりなしに聞こえてくる。

側近の言葉でイズディハールはようやく激情を鎮めて我に返ったらしく、秋成を抱く腕を解いた。

手を引かれて立ち上がる。全身に力が戻っていた。

「秋成、きみもいちおうこれを持て」

イズディハールが懐から抜き出したベレッタを、秋成は表情を引き締めて受け取った。ずっしりとした重みと冷たさを久しぶりに実感する。

「上はまだ制圧されてない。銃を持って抵抗している連中が何人かいるようだ。気をつけろ」

「はい。わかりました」

秋成はイズディハールの瞳を見つめ、しっかりした口調で答えた。

「よし、行くぞ」

秋成は再びサングラスをかけ直したイズディハールの背中に付き従った。側近を先頭に、狭

く短い通路の先にある階段を上っていく。

突入の前に撃ち込まれたと思《おぼ》しき催涙弾によるガスはかなり薄れていた。

いきなり階段の上の踊り場に男が一人現れた。手には銃を構えている。

出会い頭にギョッとした男が撃つ前に、側近が足元の床を狙い威嚇射撃した。ひいっ、と男は怯《おび》えて腰を抜かし、尻餅《しりもち》をつく。秋成たちは階段を上りきると、固まって動けなくなった男の横を駆け抜けた。

扉のない出入り口から覗ける隣のスペースは居間のようだ。

昨晩意識のないまま拉致された秋成は、目覚めるとあの地下室に寝かされており、どんな場所に閉じこめられているのか知らずにいた。

そこはめちゃくちゃだった。コンクリートが打ちっぱなしにされた床の一部に薄手の絨毯《じゅうたん》が敷いてあり、椅子やソファがひっくり返り、物が散乱している。至る所に割れた陶器やガラス片が散らばり、パンやソーセージといった食べ物も落ちていた。今の今までここで乱闘していたのだろう、天井から吊《つ》り下げられたランプの笠《かさ》が揺れている。

居間に足を踏み入れた途端、やはり反対側から警戒しながら部屋に入ってきた警備隊員に、反射的に機関銃を向けられた。側近もすかさず銃を持った腕を上げた。一瞬肝が冷えたが、すぐにお互い仲間と認め合い、銃を下ろす。

「ここにいた連中は取り押さえたらしいな」

警備隊員はイズディハールに「ああ、さっきな」と横柄に返事をすると、背後にいる秋成をちらりと一瞥《いちべつ》してきた。

「それより、対象は無事だったようだな。早く外に連れて行け。救急車が待機している」

「わかった。後は任せる。地下へ行く階段の踊り場に男が一人腰を抜かしているから確保してくれ」

その間にも、ドスン、バタンという激しい物音が二階でずっと続いていた。どうやら残りのメンバーは二階に追いつめられ、抵抗しているようだ。

「秋成、気にするな」

こっちだ、とイズディハールに肩を押され、秋成は側近の後に従い居間を抜けた。イズディハールは秋成の背後から四方を確かめつつついてくる。

いつどこから残党に狙われるかわからないため、頭を下げて身を低くし、居間を抜ける。二階まで吹き抜けになった玄関ホールも、散々な状態になっていた。花瓶が割れて床が水浸しになっており、脚の折れた椅子が投げ出されている。血痕もあちこちに見受けられ、ここで繰り広げられた取っ組み合いの激しさを物語る。

倒れた家具や散乱した物に足を取られぬよう気をつけながら、半開きになったドアに近づきかけたときだった。

「待ちなさいっ！」

突然頭上から金切り声が降ってきた。

「危ない!」

イズディハールの叫びを耳元で聞いたかと思うやいなや、秋成は体当たりされて突き飛ばされていた。

パーン、という乾いた銃声が響いたのはその直後だ。

「秋成さま」

ドアに腕を伸ばしかけていた側近が、俊敏な動作で振り返り、倒れ込みかけた秋成の体を見事に受けとめる。

「イズディハールッ!」

秋成は側近に礼を言う余裕もなく、ドアの横の壁に叩きつけられるようにして倒れたイズディハールを見て、頭の中が真っ白になった。

「動かないで!」

イズディハールに駆け寄ろうと動かしかけた足を、鋭い一言で止められる。

吹き抜けの途中にある、二階部分の手摺《てす》りから身を乗り出し、銃で狙いを構えているのはズフラだ。ヒジャブがずれて長い黒髪が乱れて顔に降りかかり、幽鬼のような形相になっている。手が震えて銃口は定まらず、いつ指が勝手に動いて撃つかわからない危険な状況だ。ズフラを刺激しないよう、秋成も側近も指一本動かせなくなる。

「おいっ、やめろ！　無駄だ。もうおまえ一人だぞ」

二階にいた警備隊員たちがズフラの後方を間合いを取って取り囲む。

「あんたたち、そこから一歩でも近づいたら、あそこにいる人質を撃つわよ」

ズフラは振り向かず、視線を秋成から逸らしもせずに、背後に迫った警備隊員たちを脅す。

緊迫した空気があたりを包む。

壁に凭れて座り込む形で倒れたイズディハールは、幸いどこにも銃弾を受けずにすんだようだ。

「くそう、どこに隠れていやがったんだ、この女」

警備隊員が忌々しげに毒を吐く。

それにもズフラは気を逸らさない。

「ズフラ」

「動かないでと言ったでしょうっ！」

イズディハールが腕を上げかけるなり、ズフラが牽制する。

「やめるんだ、ズフラ」

だが、イズディハールは怯まず、ズフラの注意を惹《ひ》きつけるかのように穏やかな声で続けた。

秋成は慎重に、気づかれないように、銃の安全装置を外すため指をずらしていく。

「俺だ。俺がわからないのか。撃つなら秋成ではなく俺を撃て」

えっ、とズフラが僅かに訝しげな表情をする。それでも引き金にかけられた指は外れず、いつどこに向けて撃つやもしれぬ危険は去らない。

秋成はこくりと息を吞んだ。

とうとうイズディハールが素早くサングラスを取って床に投げ捨てた。

ズフラの意識が引き金を引くことからサングラスへと移る。

秋成はその一瞬を逃さず、安全装置を外した銃を二階にいるズフラに狙い定め、撃った。

「きゃああっ!」

弾はズフラが頭に被ったヒジャブを掠《かす》め、天井にめり込んだ。

首に留まった黒いヒジャブがフードのようにズフラの背中に落ちる。

ズフラは銃を手から離し、その場にへなへなとへたりこむ。頭を撃たれたかと思い、恐怖で全身から力が抜けたようだ。

ズフラはそのまま警備隊員らに取り押さえられた。

「よくやった、秋成」

立ち上がったイズディハールが秋成を抱き寄せる。

秋成もまた過度の緊張で放心したようになっていたのだが、イズディハールの腕に抱かれて、現実に立ち返った。

「噂どおりの素晴らしい射撃の腕だ。きみは度胸がいい」

「あなたは、大丈夫なのですか」

「ああ。てっきり撃たれたと思ったが、幸運にも当たらなかった」

「幸運の一言で済むことではありません！」

秋成はイズディハールの無謀を、今さらのごとく怒った。

「あなたは少しもご自分がどなたなのか弁えない。最低です」

「秋成、秋成、続きは後でゆっくり聞く」

イズディハールはニヤリと笑って秋成の唇に指を立て、文句を言わせなくする。

まだ言い足りなかったが、仕方なく秋成はイズディハールを睨み、口を閉ざした。

イズディハールに肩を抱かれて外に出る。

目の前の道路は封鎖され、立ち入り禁止の柵《さく》が両側に設けられていた。封鎖された道路に乗り入れているのは警察関係の車両と救急車だけだ。どちらも無音で回転灯を点けている。柵の外は野次馬《やじうま》と報道陣が集まっており、好奇心丸出しで成り行きを見ている。向かいのアパートの窓も人の顔が鈴なりだった。

秋成は黒山を築いている野次馬と報道陣の興味津々の視線が全身に浴びせられるのを感じ、身を硬くした。こんなふうに注目の的になるのは初めてだ。足が竦《すく》み、庭先から一歩も動けなくなった。

「あの。救急車に乗らないといけないのですか？」

できれば避けたい気持ちで秋成はイズディハールに伺いを立てた。

「あれは断ろう。大袈裟だ」

「……サングラスを外したのはまずかったのではありませんか……?」

さらに秋成は声を潜めた。すでにもう、皆は秋成と一緒にいるのが皇太子だと気づき始めているかもしれない。秋成はどうすればいいのかわからず、当惑するばかりだ。

「なに。まだヘルメットがある。常識的に考えても俺だと気づかれる可能性はないよ」

イズディハールは迷いのない口調で言うと、小さな庭の真ん中で秋成と正面から向き合い、秋成を抱いてキスしてきた。

周囲が一斉にどよめいた。明るい、好奇と揶揄と羨望《せんぼう》と幸せに満ちた騒ぎ方だった。

秋成は恥ずかしさと緊張のあまり頭が真っ白になってしまい、思考が完全に停止した。

イズディハールのくれる熱いキスと抱擁だけが知覚でき、人形のように身を委《ゆだ》ねていることしかできなくなっていた。

意識はあるし、体も自分で動かしているようなのだが、実際何がどうなっているのか把握していなかった。

気がつくと、いつの間にか秋成は、イズディハールの肩に身を凭せかけた状態で、パトカーの後部座席に乗っていた。

パトカーはイズディハールの私邸付近の道を走っている。

あぁ、帰宅しているのだと素直に頭に浮かぶ。

秋成の心はすっかりイズディハールの元を自分の居場所と認識してしまっているらしい。

イズディハールはこんな秋成をどう思うのだろう。

そっと見上げたイズディハールの横顔は凛然《りんぜん》としていた。いかなる困難に見舞われようと屈せず立ち向かおうと覚悟した男の潔さ、逞しさに溢《あふ》れている。

イズディハールのこの表情を見て、秋成もひそかに一つの決意をした。

これから先の人生を、どんな形であってもいいので、イズディハールに捧げる。

秋成には僅かの迷いもなかった。

※

拉致され人質にされかけた秋成を無事救い出すことができ、イズディハールはあらゆるものに感謝したい心境だ。

できれば今日はこのままずっと秋成の傍についていてやりたかったが、あれこれとまだ片づけなくてはならないことが残っているため、そうも言っていられない。

二人でパトカーに乗せてもらっていったん自邸に連れ戻り、執事にくれぐれも頼むと秋成を任せた後、イズディハールは礼装に着替えて王宮に向かった。

国王にこの騒動の顛末《てんまつ》を報告しなければならない。

ハミードも来ているはずだ。

王宮に着くと、さっそくハミードが来客用の居間までイズディハールを迎えにきた。

「あらためて礼を言う。ありがとう、ハミード」

「兄上の戦闘服姿、実に決まっていて惚れ惚れしましたよ。まったく兄上は何をなさってもさまになる。きっと国民の間でも、特殊警備隊にはあんな見栄《みば》えのする男がいるのかと話題騒然となることでしょう」

「それは皮肉か」

「いえいえ、とんでもございません。俺もさっきテレビのニュースで見て、本気で感服させていただいたばかりです」

「どうせおまえが感服したのは、俺の服装なんかにではないのだろう」

揶揄たっぷりの瞳をしているハミードが忌々しい。秋成とのキスを、大胆すぎると非難されている気がして、バツが悪かったせいもあり、わざと不機嫌に顔を顰めてみせた。

ハミードはニヤニヤするだけで、直接そのことには触れてこなかった。

「しかし、まぁそれはともかくとして、兄上はお覚悟召された方がいい」

「やはりお怒りか?」

「ええ、それはもう」

思わせぶりに肩を竦めるハミードに、イズディハールは下腹に力を入れ、断固として返す。

「俺は、引かない」

「そうですか」

イズディハールはハミードのそっけなさに腹立ちを感じたが、怒れる筋合いなどいっさいないのは承知しているので、奥歯を嚙み締めただけでやり過ごした。

「兄上、条件があります」

ハミードはあらかじめこうした展開にするつもりだったらしく、台本を読むような調子で淡々と切り出してきた。

「なんだ。その条件を呑めば、おまえは俺の頼みを聞いてくれるのか」

イズディハールはハミードの顔つきから、それ以外では一歩たりとも譲る気がないことを察し、どんな無理難題を吹っかけられるのかと身構えた。

ええ、とハミードは二言のないことをきっぱり肯定する。

「不本意ではありますが、兄上がそこまで本気でいらっしゃるのなら、致し方ありません。兄上の望まれるとおりになるようお力添えします。その代わり、今後国民の激しい不満と怒りを陛下共々負うはめになる俺を少しでも慰めるためと思って、お聞き届けください」

国民はべつにハミードが次期国王の地位に就いたとしても、不満や憤りは表さないだろう。ハミードはイズディハールと比較したところでなんら劣ったところのない立派な王子だ。ハミードを直接知っている者は誰もが認めている。国民は、イズディハールの裏切りを糾弾し、軽《けい》蔑《べつ》するだけで、むしろハミードの責任感の強さと愛国心に尊敬と敬意の念を払うはずだ。

そう言ってやりたかったが、それより先にイズディハールはハミードの条件を聞くことにした。

「兄上が秋成を愛していることはよくわかりました。ですから俺は、大切な兄上を秋成に独り占めされる腹いせに、お二人に結婚式を挙げていただくよう求めます」

「結婚式？」

まったく予想外のところを衝かれ、イズディハールは面食らう。

質《たち》の悪い冗談かと疑いかけたが、ハミードは至って真面目な顔をして続ける。

「国を挙げて正式にとはもちろん申しません。親族たちだけ集めた内輪のお式と披露宴で結構です。ただし、秋成には花嫁にふさわしい衣装を着てもらわねばなりません。そして、秋成は体が弱いため子供を作ることができず、他に愛人を持つことも考えられないので皇太子の座を降りるのだと、対外的に兄上ご自身の口からご説明ください」

「それは秋成がなんと言うかだな……」

イズディハールは秋成の気持ちに配慮して渋る。自分だけの問題であれば喜んでこの願ってもない条件を呑むのだが、秋成が式などは嫌がるのではないかと思うと、自分の一存で気易《きやす》く返事をするわけにはいかなかった。

しかし、ハミードはイズディハールの憂慮を一笑に付し、自信たっぷりに断じる。

「秋成が本当に兄上を愛しているなら否とは言わないはずだ。兄上は秋成のためにすべてをお捨てになろうとしているのですからね。なにも普段から女装をして女として生きることを求めているわけじゃない。以前は確かに秋成にそうしろと迫りましたが、それはもう言いません。今日帰宅なさったら、秋成に聞いてご覧になるといい。きっと秋成は受け入れますよ。悔しいが、秋成も兄上に心底惚れてるようですからね」

最後は幾分苦々しげに、だが、どこか吹っ切れたような清々しさを含ませ、ハミードは言った。

「これが俺にできる最大級の譲歩です。俺は兄上に王室から離脱して欲しくない。だから、陛下にもこの条件を申し上げて説得し、先ほどなんとかご理解いただきました」

「なに？　今、なんと言った。それでは陛下はご納得されたのか？　さっきおまえは、陛下はお怒りだと言ったではないか」

「お怒りでしたよ、すこぶるね。俺との話が着くまでは、ですが」

ハミードは人の悪い笑みを浮かべ、しゃあしゃあと弁明する。

からかわれているのだ。わざと曖昧《あいまい》な返事の仕方をしてイズディハールをやきもきさせ、さささやかながら意趣返ししている。

悪趣味なやつめとムッとしたが、イズディハールはぐっと堪えた。

「俺はおまえに感謝すべきなんだろうな、ハミード？　おかげで今晩もまた遅くまで陛下と口論して虚《むな》しい思いをせずにすんだわけだ」

「ええ。ぜひ感謝してください」

ハミードは謙遜《けんそん》する素振りなどまるで見せず、至極満足した表情をする。

「今夜もまた秋成と充実した時間をお過ごしになれるのですからね」

冷やかせるだけ冷やかされ、さすがにイズディハールも閉口してきた。

「陛下とお会いしてくる」

イズディハールは長衣の裾を翻し、足早に室内を横切っていく。

扉の脇に微動だにせず起立していた侍従の手で開かれた扉を潜る直前、顔だけ戻して安楽椅子に座ったままこちらを見ているハミードを振り返った。

「ハミード、すまん。このことは一生恩に着る」

「大袈裟ですよ、殿下」

ときどき皮肉屋になるが、根は優しく情の深いハミードの照れくさげな返事に、イズディハールは屈託のない笑みで応《こた》えた。

※

帰宅は何時になるかわからない、と言い置いて王宮に出かけたはずのイズディハールが、三時過ぎに戻ってきたと聞かされ、秋成は嬉しさを隠せなかった。

「テラスでお茶をご一緒にとご所望です」

イズディハールの言葉を伝えに来た執事に、秋成はすぐ参りますと返事をするよう頼んだ。執事が畏まって去った後、軽くシャワーを浴びて服を着替えた。こざっぱりしたシャツとセンタープレスパンツを選ぶ。

昨日まであれこれ世話を焼いてくれていたズフラが、今日からはもういないのだと思うと、なんとも妙な気分だ。秋成はこれまでにも何度か人に裏切られた経験がある。同じような目に遭うたび、こんなふうにされる要因が何か自分にあるのだろうかと考え、落ち込む。

イズディハールが早く帰ってきてくれてよかった。

このまま夜までずっと一人でいたなら、秋成は悶々《もんもん》として憂鬱《ゆううつ》な気分で過ごさなければならなかっただろう。

中庭が一眸《いちぼう》できる二階のテラスに行くと、テーブルに着いていたイズディハールはすかさず立ち上がり、秋成の手を取って侍従が引いてくれた籐椅子《とうい す》に座らせてくれた。

「ありがとうございます」

秋成はイズディハールにこうして淑女のように扱われるたび気恥ずかしくなる。最初は慣れずに困ったが、イズディハールがあまりにも自然に、当然の務めだとばかりに振る舞うため、今では秋成もされるまま受け入れている。男だから女だからといった性別の問題ではなく、イズディハールは純粋に秋成を大切にしてくれているだけなのだ。自惚《うぬぼ》れかもしれないが、秋成にはそう感じられる。

「実はきみに話がある」

テーブルに着き、執事の手で香り高い紅茶をサーブされた後、イズディハールは秋成の顔を見つめ、あらたまった口調で切り出してきた。

イズディハールは礼装したままだ。

光沢のある白絹のディシュダシュに、金銀の糸で織り上げたサッシュベルト、長衣には黒地に金で豪奢《ごうしゃ》な縫い取りが施されており、カフィーヤを留めたイガールも黒と金の絹糸を使って組まれた美麗なものだった。サッシュベルトにはJ字型をした宝飾品のような短剣が差されている。

上背のあるイズディハールには、この伝統的な衣装がとてもよく似合う。スーツを着ているときも、戦闘服に身を包んでいるときも、イズディハールは秋成を感嘆させ、なんでも着こなせて羨《うらや》ましいと溜息をつかせたが、やはりこの姿が一番イズディハールを映えさせる。高潔で気品に溢れて神々しささえ感じられ、圧倒されそうだ。特別な御方なのだと畏怖の念が湧く。姿を見ただけで感極まって瞳が潤む思いがあることを、秋成はイズディハールに教えられた。これがカリスマというものなのかと思う。

話があると真摯《しんし》なまなざしを向けてこられて、秋成も背筋を伸ばし、気持ちを引き締めた。

「なんでしょうか」

何を言われても恐れず受け入れる覚悟で、秋成はイズディハールの言葉を待った。

珍しくイズディハールが緊張しているのを感じる。

秋成まで胸が騒ぎ始めた。

いったい何を話そうというのか。思い当たることが多すぎてわからない。おおむね、よくない事柄だった。皇太子殿下がいつまでも問題の多い外国人を私邸に保護していることについて、議会や国民から憤りの声が上がっているのだろうとか、今朝の事件でいよいよ秋成の存在が取り沙汰《ざた》されるようになったのだろうとか、そんなあれこれが頭の中を駆け巡る。

イズディハールはしばらく口を閉ざしたまま、じっと秋成を見つめていた。

よほど言いにくいことなのだろうかと思ったが、それよりむしろ、どう言おうかと慎重に言葉を選んでいる感じだ。

外は気温が高かったが、建物の影が差すテラスは風の通りもよく涼しくて心地いい。

秋成は爽《さわ》やかな風を髪に受け、徐々にまた心を落ち着かせていった。

ふと、テーブルの中央に飾られた白い花に視線をやって、秋成は口元を緩ませた。平たい純白の花器に丈を短くした花が生けてある。薄いピンクで縁取られた花弁が優雅なドレスの裾を思わせる一重咲きの花だ。茶器も真っ白な磁器のセットが使われており、テーブル全体にピュアな印象を醸し出している。

「秋成」

イズディハールに声をかけられ、秋成は慌てて目を上げた。

冴え冴えとしたダークグリーンの瞳に見据えられ、ドキリとする。心の奥まで見透かされそうだ。できればずっと傍にいたい、だが、もし自分の存在が邪魔になるようならすぐにでも離れ、遠くから見守っている——秋成のそんな気持ちを知ったなら、イズディハールは煩わしがるだろうか。

すっとイズディハールは胸いっぱいに息を吸い込んだ。

瞳は秋成から逸らさぬままだ。

とても真剣で、聞いたら抜き差しならなくなりそうな心地にさせられる。

「秋成、俺と一緒になってくれないか」

イズディハールはいっきに言った。

「きみを愛している」

「イズディハール」

それはもしかして、と秋成は目を瞠った。

「どうか躊躇《ためら》わずに返事を聞かせてくれ。わかっているとは思うが、これはプロポーズだ。俺はきみが男でも女でも構わない。結婚してほしい」

でも、そんな、と頭の中で様々な疑問や不安が渦を巻く。

冗談などでないことは重々わかっていたが、混乱して一言も綴れない。

イズディハールの端麗で毅然《きぜん》とした顔を見ているうちに、感情が昂《たか》ぶってきて、とうとう秋成は言葉の代わりに目から透明な雫をぽとりと零してしまっていた。

イズディハールに驚かなかった。

「きみらしい返事だ」

そう言って満面の笑みを浮かべると、立って秋成の傍に来て腰を屈め、濡れた頬に手のひらを当て、そっと唇に唇を寄せてきた。

V

王宮の敷地内にあるモスクには、百名を超す人々が集まっていた。

参列者は身内だけだという話だったが、国王の兄弟だけで十四人おり、それぞれが家族を伴って来ているのだから、このくらいの規模になるのは当然である。

慣れぬ婚礼用の衣装を身に着けさせられた秋成《あきなり》は、礼拝堂に入るなり四方八方から好奇に満ちた視線を浴びせられ、羞恥《しゅうち》と緊張で気が遠くなりそうだった。傍らにイズディハールがいてくれなければ、いつ倒れても不思議はないほど心臓が動悸《どうき》を速めている。参列者のほとんどにとっては、秋成の顔を見るのはこれが初めてということになる。この式は、王家の一族に対する顔見せと、自らもその一員になるという誓いの場でもあるのだ。

だが、秋成は前の晩イズディハールに言われたとおり、これはただ二人がこの先一緒にいることを約束するだけの儀式だと思うことにした。そうでなければ、重圧から逃げ出したくなりそうで、とても結婚の誓いなど口にできなくなりそうだった。

純白の絹地にダイヤと真珠と銀糸で美麗な装飾が施された裾の長い衣装を身に纏《まと》い、柔らかなシフォンのベールを被《かぶ》った秋成が、礼拝堂の正面にあるミフラーブに向かって進んでいくのを、参列した人々は感嘆の声や溜息《ためいき》と共に見守っている。

今朝顔を合わせたときからずっと、いつもより若干緊迫した面持ちをしていたイズディハールの表情が、僅《わず》かだけ緩んだ気がした。

親族一同が自分の選んだ相手を快く迎え入れてくれそうな感触を受け、安堵《あんど》したらしい。きっと大丈夫だ、と繰り返し秋成を励ましていたイズディハールも、確証を得るまではそれなりに落ち着けなかったのだろう。イズディハールのためにも秋成は心底よかったと思った。おかげで少し気持ちが楽になる。ドレスのような女物の衣装で胴を引き絞られる窮屈さも、うっすらと施された化粧も、少しは辛《つら》く感じられなくなってきた。

式は、深いブルーグリーン地に紋様を描いた太めのストライプが入った絨毯《じゅうたん》の上に、直接座って行われた。

ミフラーブの手前にXを変形にした形の木製の台が置かれ、その台を前にして、白い装束を纏ったイマームが正座する。イスラム教には聖職者というものが存在しないため、今回の結婚式を執り行うのにイスラム教の学問に通じた著名な神学者が招かれている。そういった人々をウラマーと呼ぶ。式典や礼拝を指導する役目を負うイマームは、ウラマーが務めることがままあるらしい。木製の台はイスラムの聖典であるクルアーンを置く台である。イマームの横にはクルアーンの朗誦《ろうしょう》を行う若めのウラマーが侍《はべ》り、その前には署名用の台が用意されていた。

皆が注目する中、イズディハールは向かって右手に、秋成は左手に座った。

まだ心臓はドクドクと震えている。

ベールが顔を覆っているのが幸いだ。

そっと横目で窺《うかが》ったイズディハールは、堂々とした威厳ある態度で、凛《りん》と気を張り詰めた顔つきをしている。王族が儀典用に身に着ける正装に、婚礼用だという光沢のある絹地の長いカフィーヤと、金と銀の糸で織り上げたヤスマグを身に着けた姿は、何度見ても溜息が出そうなほど魅力的だ。一度目を遣るとなかなか視線を逸《そ》らせなくなる。

ミフラーブとは、聖殿の方向を示す礼拝堂内部の壁に設置された窪《くぼ》み状の場所のことで、これを前にすると、必然的に聖域に向かって儀式を執り行うことになるそうだ。イズディハールとの婚姻は、秋成に改宗を迫るものではないとのことだったが、秋成自身は十二歳まで日本で育ったせいなのか、正直、ギリシャ正教の洗礼を受けさせられた今でも格別宗教に拘《こだわ》りはない。生まれながらに罪を背負ったように思っていたので、神の存在を信じるのがかえって怖かったのだ。信じるということは、自分の罪深さを認めることのような気がして、潔くなれなかった。イズディハールは結婚の儀式をイスラム形式で行うことについて、何度となく秋成に「本当に構わないか」と聞いてくれ、秋成はむしろ恐縮した。自らにあまり宗教心のないことを明かすのは多大な勇気のいることだ。いつか折をみて話すつもりでいる。

厳めしい顔をした五十代と思《おぼ》しきイマームが、クルアーン台に載せた聖典を開く。

イズディハールと秋成の結婚の儀式を始める旨が宣告され、クルアーンの朗誦と説教が行なわれる。クルアーンの朗誦は独特のリズムを持って朗々と響き、秋成を荘厳な気持ちにさせた。説教の内容は、夫婦とはどうあるべきかを一般的見地から述べるものだった。あえて宗教色を差し挟まなかったのは、異教徒同士の婚姻のためイマームが配慮したのか、それとも、あらかじめイズディハールがそうするよう頼んでいたかの、いずれかだろう。秋成は細やかな気遣いに感謝しながら、イマームの言葉を厳粛に受け止めた。

その後、いよいよ二人が誓いの言葉を口頭で言う場面になる。

「あなたはここにいる秋成・エリス・K・ローウェルを生涯の伴侶としますか?」

イマームの質問に、イズディハールは胸を張り、「はい、伴侶とします」と答えた。崇高で自信に溢《あふ》れ、毅然とした声が礼拝堂に響き渡る。あえて「夫」や「妻」という言葉を使わせなかったのもイズディハールの申し出によるものだ。

感動で、秋成は涙が湧きそうになった。

列席者たちも、秋成と同じく胸を詰まらせたようだ。水を打ったように静まりかえり、固唾《かたず》を呑《の》んで聞き耳を立てていた人々の間に、心が熱くなる思いが広がっていくのが伝わった。イズディハールはイマームの質問を三度受け、三度同じように答えた。

次は秋成の番だ。

向き直ったイマームと正面から顔を合わせ、秋成はいよいよ心臓が破裂しそうなほど緊張した。

「あなたはここにいるイズディハール・ビン・ハマド・アル・ハスィーブを生涯の伴侶としますか？」

秋成はいざとなって迷った。

本当に、本当に、自分などがイズディハールの相手でいいのだろうか。ここで「はい」と答えてしまっていいのだろうか。

列席の国王が、ハミードが、皆が、秋成の返事を待っている。

イズディハールも、じっと秋成を見つめ、ただ、待ってくれていた。

秋成は動揺し、助けを求めるようにイズディハールの顔を見た。

誠実で優しく頼もしい、精悍《せいかん》な顔。そして、一目見たときから虜《とりこ》にされた、真摯な黒真珠色の瞳。

きゅっと胸が引き絞られて、甘美な悦楽が湧いてくる。

「はい」

秋成はイマームの目をしっかり見返し、答えた。

「はい、伴侶とします」

少し声が震えたが、二度目、三度目はいささかも揺るぐことなく答えられた。

言い終えた途端、礼拝堂全体の空気が歓喜と安堵と祝福を帯びるのがわかる。秋成自身も大役を果たした心地でホッとした。

誓いを述べた後は、皆でドゥアーを念じ、二人の将来への恩恵を神に祈願してもらった。

そして、結婚契約書への署名。

イスラムの結婚式では、イスラム教徒しか結婚の証人になれないため、証人の署名は国王と国王のすぐ下の弟がした。

さらにそれをイマームが受け取って、判をつく。

これで書類上の婚姻は成立した。

いよいよクライマックスだ、と周囲の期待が高まったのが感じられてくる。

綺麗な青い布を掛けた台の上に宝石箱が一つ置かれたものが二人の間に運ばれる。

これだけは欧米ふうに式に取り入れようとイズディハールに提案されていた、指輪の交換だ。

イズディハールに手を取られ、左手の薬指に指輪を嵌《は》められた。プラチナに四角くカットされたダイヤが埋め込まれた、美しい銀色の指輪だ。

秋成も同じものをイズディハールの指に嵌めさせた。指が震えるのではないかと心配したが、なんとかうまく嵌めることができて安堵する。

イズディハールが退《ひ》きかけた秋成の手をぎゅっと握り込んでくる。

えっ、と顔を上げると、すかさずイズディハールにベールを上げられ、唇を奪われた。

予期せぬ成り行きに、皆の間からどよめきが起こった。

こんな手筈《てはず》とは聞いていなかった秋成もびっくりしてしまい、一瞬のキスだったにもかかわらず真っ赤になってしまう。

イマームも苦笑いしていた。

二人に一枚の結婚契約書を渡した後、高らかに婚姻の成立を一同に告げる。

あちこちから祝福の言葉が飛び、拍手が鳴った。

秋成はイズディハールにぎゅっと手を握られ、指輪の上に口づけられた。

「愛している。一生大切にする」

感極まったようなイズディハールの声に、秋成もこの夢のような出来事が間違いなく現実なのだとあらためて感じた。

※

王宮内の奥まった部分に位置する、国王一家がプライベートに使用する広間は、婚礼後の祝宴で賑《にぎ》わっていた。

ロイヤルブルーを基調に複雑な紋様が織り込まれた厚手の絨毯を敷き詰めた床に、八十名ほどの王族たちが座している。国王夫妻はもちろん、ハミードを始めとする六名の兄弟姉妹、従《い》兄弟《とこ》たち、叔父叔母など、すべてイズディハールに近しい人たちだ。皆、色とりどりの美麗な衣装で着飾って場に華やぎを添えている。

イズディハールが思っていた以上に皆、この結びつきを祝福し、温かく見守ってくれていた。

秋成の気品溢れる佇《たたず》まいと美貌、心優しい性質が表れた表情や仕草は、イズディハールを一目で虜にしたのと同様に、他の人々の気持ちも摑んだようだ。

最初あれほど反対していた国王も、実際に秋成と会って話をするや、イズディハールも驚くほど態度を和らげた。一月前、ハミードの口添えがあってやっと結婚を許可した際、渋々ながらに花嫁を王宮に連れてくるよう言っていたのが嘘のように、帰り際には名残《なごり》惜しみさえしたのだ。

秋成には人の心を惹きつける特別な魅力が備わっている。

反面、秋成が持つ清麗さに、己の汚れた部分を否応なしに突きつけられて、秋成といるのが我慢できず、攻撃的な気持ちになる者がいることも、理解できる気がした。

広間の中央では、楽の音に合わせた伝統的な祝いの舞踊が披露されている。

イズディハールは傍らの秋成に顔を向けた。

大きなクッションに埋もれるようにして座り、頭に繊細なレースのベールを被った秋成は、少々疲れているようにも見える。

無理もない。昨晩は緊張であまりよく眠れなかっただろうに、今朝、夜も明けきらぬうちから起こされて、念入りな身支度をすることからこの長い一日が始まっているのだ。

女官たちの手で体中を洗い清めて香油でマッサージされ、慣れぬ衣装を着付けられた挙げ句、薄く化粧まで施され、百名以上の関係者が立ち会う中、誓いの儀式に臨んだ。その後さらに、また湯浴みをして今度は披露宴用の衣装に着替え、夕刻から夜更けまで続くこの祝宴に引き出され、雛《ひな》飾りのようにじっと侍らされているのである。

手を取って握ってやりたくても、距離が微妙に離れていてままならない。

やがてイズディハールがじっと見つめる視線に気づいたのか、秋成がこちらを振り向く。レースの端にズラリと下がった円盤状の金の飾りが揺れ、シャランと軽やかな音を響かせる。大丈夫かと目で聞くと、秋成は微笑して頷《うなず》いた。イズディハールに心配をかけまいとしているのがわかる。

それにしても、薄化粧をして女物の婚礼衣装に身を包んだ秋成は、罪作りなほど美しい。もともと何もしなくとも際立った美貌をしているが、透けるように白い肌に紅を挿した唇、陰影をつける程度にシャドウを入れてくっきりさせた目もと、マスカラでいっそう長くした睫《まつ》毛《げ》など、妖艶《ようえん》な生き人形のようだ。

素顔を見慣れたイズディハールですら、姿を目に入れるたび動悸を感じて困惑する。

これでは誰も秋成の性別を疑わなくて当然だ。生まれつき体が弱くて子供がもうけられないのだというハミードの考えた説明をすると、皆、即座に納得し、同情と理解を示す。それでもイズディハールが唯一無二の相手として離せないほど愛している気持ちはわかると言ってくれるのである。

「兄上」

ハミードがイズディハールの傍らにゴブレットを持って座りに来た。

「あらためまして、このたびはおめでとうございます」

「ああ。ありがとう」

イズディハールもゴブレットを手にして、ハミードと乾杯した。中身はノンアルコールワインだ。

「綺麗ですね、秋成。さっきあちらでハシムたちが殿下を心底羨《うらや》ましがっていましたよ。なんだか俺も結婚したくなったな」

ハミードがイズディハールの肩越しに秋成をちらりと見遣り、さっそくいつもの調子で冷やかしてくる。

「今日は秋成のことはエリスと呼ぶのではなかったのか、ハミード？」

「はは、そうでした。つい」

そう言うイズディハールも、秋成をセカンドネームで呼ぶのは違和感があり、秋成にこっそり話しかけるときには普段どおりにしている。

「それにしても意外でしたよ」

ハミードはゴブレットの中身を呷《あお》り、複雑そうな顔をしてみせる。

「俺はてっきり皆もっと兄上の皇太子退位に異を唱えるかと思っていました。秋成のことを踏まえた上でも、いろいろ他にやりようはある、早まるなと説得にかかるのではないかと踏んでいたのですがね」

「おまえがいるからだ」

イズディハールは含み笑いしながら呆《あき》れたように付け足す。

「決まっているだろう」

「どうなんですかね。皆後悔しなければいいと願うばかりですよ」

「俺もできる限りのフォローはさせてもらうつもりだ。表には立てないが、陰ながら力になればと思っている」

「心強い限りです」

中央のスペースで舞われていた伝統舞踊が終わった。

イズディハールとハミードも皆に交じって拍手する。

楽隊が一部の楽器を入れ替えて、洋楽のスタンダードナンバーを演奏し始めた。

「殿下、おひとつ妃殿下とダンスをご披露願えませんか」

お調子者の叔父がイズディハールにも余興をさせようと勧めてくる。

それに乗じて、他の者まで口を揃えて手を叩き、今日の主役二人を引き摺り出そうとする。小さな子どもたちまで「殿下！　殿下！」とぴょんぴょん跳びはねながらはしゃぎだす。ついに国王までが満面の笑みを浮かべて視線で促してきて、イズディハールは退くに退けなくなった。

「いいではないですか、一曲だけ」

ハミードまで面白がってイズディハールの背中を押す。

「皆、お二人が連れ添い、抱き合っているところが見たいのですよ。俺も見たいです」

「秋成」

仕方なくイズディハールは秋成の意志を確かめた。

「……はい」

疲れているだろうに、秋成ははにかみながらもけなげに頷く。

皆が望むなら、イズディハールを助けられるならどんなことも厭《いと》わない。そんな気持ちが瞳に出ている。

イズディハールが立ち上がると、楽隊まで躍動的なリズムを刻んで後押ししてきた。

秋成の前に行き、腕を差し出す。

イズディハールの手を取り、秋成も立った。

白のディシュダシュに濃い紫の婚礼用長衣を重ねたイズディハールに合わせ、秋成の衣装も白地に銀粉を混ぜたアメジスト色の糸で美麗な柄をアクセント的に織り込んだ衣装を纏っている。サッシュベルトはイズディハールのそれとまったく同じものだ。高めの位置で身を絞るようにきりりと締められているため、秋成の腰は折れそうなほど細く華奢《きゃしゃ》に見えた。レースのベールも長く、裾は床に着きそうだ。金の飾りは額から左右の肩の位置までずらりと下がっている。

イズディハールは秋成の腰を抱いて中央に進んだ。

あちこちから溜息と感嘆の声が聞こえてくる。どこかで誰かが、「夢のような美男美女だ」と囁《ささや》くのが耳に届いた。確かに秋成は美しい。許されるものなら、このままベッドに連れていきたいほど綺麗だ。

「何を踊ろうか？」

「ソシアルなら一通り。でも、女性のステップができるかどうか、自信ありません」

向き合い、額をくっつけ合うようにして相談する。

それもまた周囲を湧かせ、冷やかしに満ちた歓声を上げさせた。

「ならワルツだ。きみは俺のリードに従って足を動かせばいい。くれぐれも裾を踏んだり、踵《かかと》に引っかけたりして躓《つまず》かないようにだけ気をつけろ」

「はい」

イズディハールが楽団のリーダーに「ワルツを」と声をかけると、ぴたりと話し声がやみ、皆一斉に二人に注目した。興味津々のまなざしが四方から注がれる。

秋成の心臓の鼓動と体温がイズディハールにも伝わってくる。秋成は思ったより落ち着いていた。いざとなると肝が据わる気丈なところもイズディハールは好きだ。秋成はイズディハールにとってまさに理想的な相手だった。

演奏が始まった。『花のワルツ』をアレンジした曲だ。

秋成はイズディハールのリードに身を預け、優雅に大きく、ドレスとベールの裾を華麗に翻しながら回転し、踊る。

正直、あまり気が進まず、一曲だけ義理で踊るつもりでいたのだが、イズディハールはあっという間にそんなことは忘れ、秋成とのダンスに没頭していた。

見ている人々も二人のワルツに魅せられているのか、たまに感嘆めいた声を上げる以外、よけいなお喋りをしている者はいないようだ。

ずっとこのまま秋成を抱いて踊っていたい。

イズディハールは曲の終わりがいっそ恨めしかった。

最後のステップを踏んだ後、イズディハールは秋成を両腕で抱き締め、キスをした。

歓声と拍手と祝辞が飛び交う。

そろそろ宴もお開きになる時が近づいていた。

※

「すっかり疲れさせてしまったな」

純白のシーツに横たわった秋成にのし掛かり、洗いたての髪に指を通して撫《な》でつけながら、イズディハールが気遣う。

王宮の一部屋で迎えることになった初夜に、秋成ばかりかイズディハールまで照れくささを覚えているようだ。

イズディハールは上半身裸だ。裾を絞った薄地のバルーンタイプパンツだけ身に着けている。シーツの上には爽やかな甘さを放つ小さなオレンジ色の花が散りばめられていた。

大の男が四人並んで寝ても余りそうなベッドである。透き通ったレース地とクラシカルな花柄のカーテンが優美なドレープを描く天蓋《てんがい》付きで、わざわざ国王が、今夜二人が過ごすにふさわしいものをと注文をつけ、調えてくれたらしい。

ベッドの両サイドに灯されたテーブルランプの投げかける黄色い明かりが、柔らかに二人を包み込む。

イズディハールは大切なものを扱うように秋成の唇をそっと啄《ついば》んだ。

「可哀想だが、これからもう少しだけ俺に付き合ってくれ」

秋成は返事の代わりに睫毛を瞬かせ、イズディハールの裸の背中に指を這《は》わせた。

弾力のある筋肉に覆われた逞しい肉体に触れただけで、秋成はどうしようもなく官能を刺激され、体の芯《しん》が疼《うず》いてくる。

「こんな夜にきみの隣で紳士らしくしていることはできない」

それは秋成も同じだ。疲れているのは確かだが、イズディハールに抱かれたい。秋成の体はさっきからイズディハールを待ち焦がれており、あちこちはしたないことになっていた。

「秋成」

今度は貪《むさぼ》るように唇を合わせつつ、イズディハールは秋成の身に着けているしなやかな薄地のネグリジェに手をかけてきた。

するっと肩紐《かたひも》を滑り落とされて、平坦《へいたん》な胸を露《あらわ》にされる。

イズディハールは巧みなキスを続けながら胸板を平手で撫で回し、左の乳首を摘み、真新しいピアスに触れた。金のリングにエメラルドの飾りが付いたものだ。

「んっ、……う……、うっ」

唇を塞がれているため、秋成は途切れ途切れにくぐもった喘《あえ》ぎ声を洩らした。

ピアスを穿った乳首を弄《いじ》られると、秋成は電気を通されたかのごとく感じてしまう。全身がビクビクと引きつり、じっとしていられない。

「ますます感度が上がったようだな」

イズディハールは満足そうに微笑《ほほえ》み、ピアスを引いたり回したりして弄《もてあそ》ぶ一方、右の乳首を口に含み、吸ったり舌先で突いたりして楽しむ。

「あっ、あ、……あぁあ、いや。……感じる」

秋成は手の甲で口を塞いで声を抑えようとするのだが、イズディハールの愛撫《あいぶ》は容赦がなく、ひっきりなしに淫《みだ》らな喘ぎが零れた。

喘ぎ、息を吸い込むたびに、ベッドに散らされた花の香りも鼻に入ってくる。

香りに酩酊《めいてい》しそうだ。官能を擽《くすぐ》る香りで、脳髄が心地よく痺《しび》れてきた気がする。

イズディハールの膝が秋成の足の間に入ってきた。ネグリジェを太股《ふともも》のあたりまで捲《まく》り上げ、割り開かれる。

乳首から離れた右手が腰に伸び、ネグリジェの中に忍ぶ。

秋成は下着を着けていない。就寝前の湯浴みの際、用意された着替えはこのネグリジェと同色のシルクのドレッシングガウンのみだった。

イズディハールの手が足の付け根をまさぐる。

「あぁ、あっ」

勃起《ぼっき》した陰茎を握って扱《しご》かれ、秋成は快感に腰を浮かし、顎を仰《の》け反《ぞ》らせた。

「もう雫《しずく》が浮いてきた」

「いやだ、やめて、イズディハール」

言葉で責めて辱《はずかし》められると、秋成は動揺する。言わないで、と首を振って哀願した。

「可愛い」

イズディハールは秋成の耳朶《じだ》を唇で挟み、やんわり歯を立てた。

「あっ」

秋成は肩を揺らして喘いだ。

全身の神経が剝《む》き出しになったように何をされても感じる。

鈴口から零れる淫液《いんえき》を指の腹で塗り広げ、濡《ぬ》れた隘路《あいろ》を爪の先で抉《えぐ》って、イズディハールは手にすっぽりと収まってしまうささやかな陰茎を丹念に愛してくれる。しるし程度の大きさしかない陰嚢《いんのう》も、優しく揉みしだき、秋成を気持ちよくさせた。

「あぁっ、も、……もう……、出そう……っ」

何度か乱れた声を上げて高みを超えかけたが、そのたびにイズディハールははぐらかす。頭の芯《しん》に閃光《せんこう》が走り、体中の血が熱くなる。秋成はいきそうになると嬌声《きょうせい》を上げ、イズディハールの肩や背を摑んであられもないことを口走った。それでも許してもらえず、嗚咽《おえつ》を洩らして啜《すす》り泣く。

「すごいな。こっちもびっしょりだ」

「や……めて、お願い。今日のあなた、意地が悪い……」

秋成は顔中を羞恥に火照らせ、はぁはぁと息を弾ませながら、奥の秘裂を確かめるイズディハールの手を押さえようとした。

「だめだ。じっとしていろ」

イズディハールは窘《たしな》めるように叱《しか》って秋成の手を外させる。そして再び、愛液で濡れそぼった割れ目を寛《ひろ》げ、複雑に折り畳まれた中に指を入れてきた。

ゆっくりと内側で動かされる。

まるで蜜《みつ》の入った壺《つぼ》を搔《か》き混ぜるような、湿った淫《みだ》らな水音が立つ。

「あっ、あ、あぁっ、いや」

恥ずかしさのあまり秋成は顔を横向け、膝で曲げて立てさせられていた右足を閉じようとした。だが、それもイズディハールの腕に阻まれる。

「きみの中、熱くて柔らかくて俺の指をふやけさせてしまいそうだ」

この一ヵ月の間に、人差し指一本なら出し入れされても大丈夫なくらいにまでなっていた秋成のそこに、イズディハールはさらに中指まで足してきた。

慎重に揃《そろ》えた指を挿入させていく。

「い、いやっ、……入れないで、イズディハール！」

秋成は未知の感覚に狼狽《うろた》え、乱れた声を上げてシーツを指で摑み寄せる。

「痛いか？　そうじゃなくてきみは気持ちがいいんだ。ほら、また熱いものが溢れてきた」

イズディハールの言うとおりだった。

秋成の体は貪婪《どんらん》にイズディハールを欲しがって、どんどん奥から濡れてくる。淫らな滴りは内股にまで伝い落ち、純白のシーツを汚していた。

「明日の朝、女官たちに綺麗なシーツは見せられない。俺の沽券《こけん》にかかわる」

イズディハールは冗談めかして笑い、とうとう二本の指を付け根まで沈めた。

「入った。痛くはないだろう？」

「はい、……で、でも……、変な気分です……」

「力、もっと抜いてみろ。俺を怖がるな」

「……はい」

秋成はイズディハールを信じ、深呼吸した。息を吐くとき、怖さや迷いも一緒に追い出す。

「愛してる。きみは今夜から正式に俺のものだ」

「あなたも……私のものになってくださいました」

イズディハールの言葉を受けて、秋成もいつもより少し大胆になって返した。

「ああ。そのとおりだ」

イズディハールはこれ以上ないほど幸福そうな笑顔を向けてくる。

「そうやってこの先ずっと俺を独占してくれ、秋成」

挿入された指が徐々にまた動き出す。

抜き差しして奥を突かれ、掻き回される。

「ああぁ、……んっ、ん、あ……あぁ、あっ」

ぐちゅぐちゅと卑猥《ひわい》で官能的な音がひっきりなしに耳朶を打つ。

中で動く指に体がどんどん昂《たか》ぶってきて、秋成は惑乱したような声を上げていた。

「秋成、こちらも俺に許せ。きみの全部を俺にくれ」

イズディハールも昂揚《こうよう》しきっていた。濡れそぼった指をずるりと抜くなり、秋成の腰を抱え、さらに大きく足を開かせる。

ぐしゃぐしゃになったネグリジェは下腹のあたりまで捲り上がっていた。

イズディハールはパンツの前を開いて猛々《たけだけ》しく屹立《きつりつ》した陰茎を露にすると、秋成の秘裂にあてがい慎重に腰を進めてきた。

イズディハールの大きさは、すでに秋成も後ろに受け入れることで知っている。とても未熟な器官が受け入れられるとは思えず、怖くて硬く目を閉じる。

「秋成」

イズディハールは焦らなかった。

怖がって震える秋成の体を抱き締め、唇にキスを繰り返す。

そうしながら、じわじわと前に硬い雄芯《おしん》を埋めてくる。

ずずっ、とエラの張った部分が狭い入り口を押し広げ、先端が中に収められた。

「ああ、あっ！」

秋成はイズディハールの背中を両腕で掻き抱き、悲鳴混じりの嬌声を放った。

圧倒的な嵩《かさ》に息が詰まりそうだ。

無理やり昂りを含み込まされた秘所が焼かれるようにひりひりと痛み、涙が零れる。秋成はもう少しで弱音を吐きかけたが、イズディハールが秋成を激しく求めているのが全身から伝わってきて、乗り越えたいと思い直した。

「破瓜《はか》したようだ」

己を突き入れた部分を確かめたイズディハールが、感動に溢れた声で秋成に囁《ささや》いてくる。

「秋成、俺がきみの初めてを奪った男だ。忘れるな」

「……イズディハール……」

秋成は耳朶や首筋にも熱を感じつつ小さく返し、恥ずかしさをごまかすようにイズディハールの顔を引き寄せ、自分から唇を合わせた。

秋成からしかけたキスは口唇を触れ合わせる可愛いキスだったが、イズディハールがあっという間に舌を絡める深くて濃厚な行為に変えてしまった。

口の中をまさぐり、唾液《だえき》を舐《な》め、舌を吸う。

「んっ、ん、……んん……っ」

秋成も夢中で応《こた》えた。

イズディハールにならどんなふうにされても感じる。

先端を受け入れただけで痛くて泣きそうだったところも、淫靡《いんび》なキスでまたもや愛液が溢れてきて、奥への挿入を助けた。

「ああっ、あっ」

今まで感じたことのない悦楽が湧《わ》いてきて、秋成は動揺した。

このまま素直に受け入れていいものかどうか戸惑う。感じることを許してしまえば、自分が自分でなくなりそうな予感がして心許《こころもと》なさでいっぱいになる。

「こ、怖い……イズディハール……」

秋成はどうしようもなく狼狽え、震えながらイズディハールに縋《すが》りついた。

「わかった。こちらの続きはまたにしよう」

イズディハールは秋成をしっかり抱き直すと、小刻みに震える顎に優しく指をかけ、顔を上げさせてきた。

黒真珠を思わせるダークグリーンの澄んだ瞳に、イズディハールの愛情がこれでもかとばかりに滲んでいる。

秋成は睫毛《まつげ》の間に浮かせた涙を瞬きした拍子にはらりと落とした。

「どうしよう」

今度は幸せすぎて怖くなる。

「何が？」

微《かす》かな呟きも聞き漏らさず、イズディハールは秋成に問い返す。

イズディハールを愛している。そう答えたかったが、いざとなると秋成は照れくさくて、畏《おそ》れ多い気がして、言葉に出せなかった。

「無理しなくていい」

イズディハールは何もかもわかっているかのように余裕で言った。

前に収めた勃起は動かさず、頬や額、唇はもちろん、首筋や肩にまでキスを落としていきながら、尻《しり》の奥の秘部にも唾《つば》で濡らした指を使う。

秋成はキスに感じ、指に翻弄《ほんろう》され、満たされたままの前にも充足感を覚え、悶《もだ》えて泣いた。

すぐに後ろの口もイズディハールを欲して柔らかく蕩《とろ》けてくる。

頃合いと見たらしいイズディハールはゆっくりと腰を引き、秋成の秘唇を穿っていた猛《たけ》りを抜いていった。

「あっ、……あ」

十分に濡れたもので、今度は後孔を穿たれる。

こちらはすでにこの行為に慣らされてきているため、遠慮なしにいっきに貫かれた。

「あああっ、あっ！」

逞しいもので奥深いところを突き上げられ、秋成は嬌声を放った。

「気持ちいいか、秋成？　いいだろう？」

イズディハールは秋成に腰を打ちつけ、熱くて硬い欲望を荒々しく抜き差しする。

狭い内壁を擦り立てられ、全身を揺さぶられ、秋成は惑乱して身悶《みもだ》えた。

抽挿されつつ、滴をしたたらせていた陰茎《いんけい》も弄られる。

「ああっ、いく、……いくっ……！」

秋成はすぐに我慢しきれなくなり、あられもなく叫んでシーツに爪を立てた。

ぐうっと上体が弓形に反り、背中が浮く。そのまま全身を痙攣《けいれん》させた。

「あぁ……っ」

腰のあたりに丸まって引っかかっていたネグリジェにぱたぱたと白濁が飛び散る。

「秋成！」

ほとんど同時にイズディハールも秋成の中で放っていた。

奥をしとどに濡らされて、秋成はぶるっと胴震いし、淫らな感触に喘いだ。

汗ばんだ肌と肌を密着させ、イズディハールとしっかり抱き合う。

全身が過敏になっており、指先がどこかを掠めるだけであえかな声が出る。自分がこれほどセックスで燃えられるようになるとは思っていなかった秋成は、肉体の変化に当惑してばかりだ。これもすべてイズディハールに教えられ、快感を得られる体になったせいだ。

イズディハールは秋成と繫《つな》がったままで、離れがたそうにする。

秋成はシーツの上に散りばめられたオレンジの花を指先に載せ、イズディハールに見せた。べつにそうすることに意味はなかったのだが、イズディハールは柔らかく微笑み、花ごと秋成の指を口に含んだ。

舌を絡ませ、指をしゃぶる。

もらったばかりの指輪にもキスされた。

「愛してる。愛してる、秋成。俺はきみを得られて狂いそうなほど幸せだ」

「イズディハール」

キスの合間の激情的な言葉に、秋成はどう答えようかと迷い、はにかんだ。秋成はいつも気の利いた返事が返せない。不器用な自分がもどかしくて仕方なかった。

両手の指を一本残らず情熱的に愛される。

イズディハールの燃えるような口の感触に浸るうち、秋成は次第に瞼《まぶた》が重くなってきた。

今日は本当に長くて幸せに満ちた一日だった。

これから先、秋成の傍にはずっとイズディハールという伴侶《はんりょ》がいてくれる。

まだどこか信じられない気持ちがする。こんなに恵まれていていいのだろうかと、かえって心配になるのだ。

幸せ過ぎて苦しいくらいに胸が震えてしまう。

イズディハールを想《おも》うと胸の内が熱くなる。

「おやすみ、秋成。よい夢を見られるように」

やっと指から唇を離したイズディハールが、秋成の額と両の瞼にキスしてくれた。

「……はい」

秋成は夢うつつで頷くと、力強い腕で逞しい胸に抱き寄せられたまま、幸福に満ちた初夜の眠りに落ちていく。

心の中でイズディハールに愛を告げながら。

あとがき

砂漠、花嫁、軍人、双子、そして……、とこれでもかというくらい様々な要素を詰め込んで書いてみました本作、いかがでしたでしょうか。

諸事情のため脱稿から上梓まで一年以上間が空いた作品は久々（というか、同人誌作の単行本化以来？）で、こうしていよいよキャラ文庫の仲間入りを果たせて感無量です。ご尽力くださいましたスタッフの皆様、本当にどうもありがとうございます。

私事ですが、今年は私のデビュー十周年にあたります。自分で言うのはなんですが、よくまぁ十年、ちゃんと（？）作家としてやってこられたなぁと噛み締めています。節目の年に長らく手元で温めてきた作品をお届けできて嬉しいです。

付き合いが長かったせいか、私はよく勝手にその後の二人を妄想していました。なんというか、ここまで攻が受を熱愛していて、目の中に入れても痛くないいくらい大事にするカップルというのは、私の作品中ではもしかして初めてではないかと思うのです。

で、妄想の一つを先日担当様に滔々と語りましたら、「え～、そこまでいくとちょっと私的には微妙です」と引かれちゃいました。友人にも「それはたとえ同人誌で書くとしてもやめておきなさい」と反対され……。まぁ確かに私の妄想はかなりアレだったのですが。

ちなみに担当様は「私は兄弟萌えです！」とのたまっておりました。

皆様にもいろいろ妄想していただけますと幸いです。ご意見、ご感想等と合わせ、ぜひお聞かせくださいませ。

今回、イラストは円陣闇丸《えんじんやみまる》先生にお願いしました。和のイメージ、洋のイメージと、幸運にも私はいろいろなバージョンを自作で見せていただいておりますので、「じゃあ……やっぱり次はアラブ？　いや、それともコスプレ系？」とプロットの段階で楽しく頭を悩ませていただきました。ご多忙中のところ素敵なイラストをいただきまして、本当にありがとうございます。ピンナップカラー、まさに「こう来ましたか！」という感じでした。

次のキャラ文庫は春頃、雑誌掲載作に書き足しを加えての発行となります。ワイナリーが出てくる作品です。

文末になりましたが、この本の制作に携わってくださいましたスタッフの皆様、並びに旧雄飛編集部の皆様、どうもありがとうございました。

タイトルの相談に乗ってくれ、「砂楼」という言葉を薦めてくれた友人某さん、いつもいろいろありがとう。またごはん食べに行こうね。

それでは、またお目にかかれますように。

遠野《とおの》春日《はるひ》拝

この本を読んでのご意見、ご感想を編集部までお寄せください。

《あて先》〒105－8055　東京都港区芝大門2－2－1　徳間書店　キャラ編集部気付

「砂楼の花嫁」係

■初出一覧

Chara

砂楼の花嫁

【キャラ文庫】

2008年1月31日　初刷
2016年6月25日　4刷

著者　遠野春日
発行者　川田　修
発行所　株式会社徳間書店
〒105-8055　東京都港区芝大門2-2-1
電話048-451-5960（販売部）
03-5403-4348（編集部）
振替00140-0-44392

印刷・製本　図書印刷株式会社
カバー・口絵　近代美術株式会社
デザイン　間中幸子・海老原秀幸

定価はカバーに表記してあります。

ISBN978-4-19-900469-8